海岱诗丛（第二辑）

新泰诗韵

山东诗词学会
中共新泰市委宣传部
新泰市文化和旅游局
新泰市诗词楹联学会
编

中国书籍出版社
China Book Press

图书在版编目（CIP）数据

新泰诗韵 / 山东诗词学会等编. -- 北京 : 中国书籍出版社，2022.9

（海岱诗丛. 第二辑 ; 5）

ISBN 978-7-5068-9178-3

Ⅰ. ①新… Ⅱ. ①山… ②中… ③新… Ⅲ. ①诗集—中国—当代 Ⅳ. ①I227

中国版本图书馆CIP数据核字（2022）第163553号

新泰诗韵

山东诗词学会　中共新泰市委宣传部　新泰市文化和旅游局

新泰市诗词楹联学会　编

策　　划	毕　磊
责任编辑	毕　磊
责任印制	孙马飞　马　芝
封面设计	庄伻伻
出版发行	中国书籍出版社
社　　址	北京市丰台区三路居路97号（邮编：100073）
电　　话	（010）52257143（总编室）　（010）52257153（发行部）
电子信箱	eo@chinabp.com.cn
经　　销	全国新华书店
印　　刷	山东麦德森文化传媒有限公司
开　　本	787×1092毫米　1/16
字　　数	4600千字
印　　张	226
版　　次	2022年9月第1版　2022年9月第1次印刷
书　　号	ISBN 978-7-5068-9178-3
定　　价	480.00元（全12册）

海岱诗丛（第二辑）
《新泰诗韵》编纂委员会

海岱诗丛·总序

经过一番忙碌，海岱诗丛终于面世了。山东诗词学会诸位同仁推我作序，欣欣然而从命。

海岱者，山东之谓也。这套丛书收录的是当下山东诗人及诗词爱好者刚刚创作的诗、词、曲、赋，花开千树，清露未晞，芳香浓郁。丛书出全，约费五年之功，达百册之巨，规模可类《全唐诗》，是新时代山东诗词创作的盛大检阅，亦是齐鲁诗坛俊逸之才的精彩展示。

山东地处黄河下游，历史悠久，文化厚重。在这片英雄的土地上，我们的先人创造了源远流长、光辉灿烂的文化。就诗词而言，从孔夫子删编《诗经》算起，两千多年来，历代诗人词家灿若群星，名篇佳作难以胜数，尤其出了刘桢、王粲、李清照、辛弃疾、张养浩、王禹偁、晁补之、李攀龙、谢榛、王士祯等宗师大家，皎如日月，彪炳诗坛。时至今日，齐鲁大地诗风甚盛。嘉节吉时，常见诗人雅会，乡镇社区，时闻吟诵之声，年无分长幼，皆以习诗为雅、能诗为荣。尤其近年党中央倡导弘扬中华优秀传统文化，诗词事业更得浩荡东风，千帆竞发，百舸争流，蓬蓬勃勃，一派兴盛气象。

山东诗词学会，成立于一九八四年，是在省民政厅注册登记的民间社团组织，隶属于省政协办公厅，以推动诗词繁荣为宗旨。面对先贤昔日辉煌，面对时代强力呼唤，面对文朋诗友殷切期待，二〇一九年四月，全省第四次会员代表大会提出，以习近平新时代中国特色社会主义思想为指导，团结奋斗，扎实工作，推动山东诗词事业持续健康发展，力争早日使山东诗词整体水平，与山东人口大省、文化大省、诗词大省的地位相匹配，与山东在全国经济社会格局中的地位相匹配，为实现省委、省政府提出的“走在前列，全面开创”的总体要求、为建设现代化强省贡献力量。围绕落实既定目标，于是就有了“六个一”活动，包括有了这套海岱诗丛。

所谓“六个一”活动，是省学会与县市区优势互补、互利共赢、联手推动诗词发展的一种合作模式。具体做法是，由县市区负担所需经费、组织人员、提供场地，而省学会在一年内为其提供六项服务。包括在该县市区举办一次高端诗词培训，邀请一批省内外著名诗词专家讲座，与文朋诗友面对面切磋指导；组织著名诗人进行一次采风活动，创作诗词曲赋，赞美该区域悠久历史、著名景点、淳厚风情；组织一次诗词有奖征文比赛，巩固培训成果，让风人骚客同场竞技、展示才华；策划一次集中宣传报道，在省以上报刊网站，全面推介该县区发展成就、经济优势、文旅特色、典型经验；正式出版一册诗集，汇纳该区域优秀诗作，展示诸位诗友胸襟才情，反映独特社会风貌；收集一套涵盖该县区历代诗人诗作资料，从先秦至民国，应收尽收，由省学会汇总编入《山东诗藏》，以资后世学习研究之用。

作为丛书，作者众，诗作多，规模大，则长短兼具，瑕瑜互见。优势在于，覆盖面大，代表性强，品类齐全，美不胜收。其中既有抗洪抗疫之时代强音，犹如黄钟大吕，振聋发聩，也有城乡工农之平凡生活，寓目辄书，情趣横生；既有春花秋月夏云冬雪传统美境，也有高铁航天手机网络现代意象。春兰秋菊，各擅胜场，慢慢品酌，各有妙处。正如一滴水可以折射太阳的光辉，当连续吟诵、沉湎欣赏，慨叹时代生活的丰富繁华，感受诗人词家的情感激荡之外，可以体悟各种抒发背后的骄傲与自信、悠闲与满足、宽容与厚重、开放与张扬，这些都是经历过大起大落、处在奋发向上环境中所特有的。它充满生机活力，属于我们这个特定时代。

从书之长，恰恰亦为其短。诗坛耆老味道醇美之作，只是一类，书中还确有些初窥门径，几近处女之作，犹之孩童蹒跚学步，其作品稚嫩一目了然，此类作品在书中占有一定比重。省学会已注意到这个问题。非不为也，实不能也。要提高其质量，并非一日之功，而省学会精锐饱学之士也为数非多，难以具体指导，况且时间也不允许。面对这种境况，只要政治立场、情感基调无大偏差，格律说得过去，我们就放行录入。这就使得该书诗作参差不齐，确有个别作品可能难入法眼，只能请方家以允许百花齐放之博大胸襟，予以包容。然而依我浅见，对初学之人、年轻后辈，也未可小觑。一番勤学善思，“干之以风力，润之以丹彩”，有佼佼者成长为辛、李大家，也未可知。毕竟世间无奇不有，万事皆有可能！

相对既定目标，当前所为，不过刚刚开端，展望今后，任重而道远。但既然走出第一步，有了决心、行动、典型和经验，达成既定目标便没有任何游移和悬念。可以设想，五年又或六年，当所有计划项目都事功圆满之后，山东大地，会有更多的人喜欢诗词、吟诵诗词，创作诗词，诗词大军更加宏大而严整；海岱诗坛，会有更多精品力作，如泉喷涌，万紫千红，新干老枝愈益果实累累。那时，回望今日，我们会为自己做了正确而大有价值之事，而感到骄傲和自豪。

是为序。

赵润田

二〇二二年八月

《新泰诗韵》序

在《新泰诗韵》即将出版发行之际，首先我代表市委、市政府表示热烈的祝贺！

新泰历史悠久、文化灿烂。公元前601年（春秋鲁宣公八年）建平阳城，西汉初期设平阳县，西晋泰始年间羊祜取新甫山（又名莲花山）和泰山首字改县名为新泰。新泰是泰山山脉和沂蒙山脉的交汇处、齐文化和鲁文化的交汇处、黄河流域和淮河流域的交汇处。山川形胜，人文芳华，钟灵毓秀，为诗词文学创作提供了丰厚土壤。我国最早的诗歌总集《诗经》中就有“徂徕之松，新甫之柏”“奄有龟蒙，遂荒大东”等诗句，对新泰山川发出了由衷地赞美。而后，孔子曾作《龟山操》，诸葛亮好为《梁父吟》，唐代诗人李白、孔巢父等流连此地，留下“竹溪六逸”的佳话以及“思君若汶水，浩荡寄南征”“借水传云谊，依山画杞城”等众多名篇佳作。悠久的历史及繁盛的文化，塑造了新泰这座古城的文化品格与城市魅力。

诗，是中国文化的精华和瑰宝。学诗可以情飞扬、志高昂、人灵秀。“激活”诗词文化，需“心动”更需“行动”。近年来，新泰市委、市政府高度重视诗词等文化事业发展，多次邀请中华诗词学会、山东诗词学会等专家莅临授课，积极承办诗词学会新泰诗词培训、采风活动，举办诗词大会、文化沙龙，不断推动诗词进学校、进企业、进景区、进机关、进社区、进农村，编辑出版《新泰古韵》、刊发《新泰诗词》。举办“三圣故里·大美新泰”诗词创作征稿大赛活动，为活跃新泰人吟咏诗词气氛，提高诗词写作水平，奠定了良好基础。目前全市诗词爱好者达到5000余人，拥有中华诗词会员，山东省诗词学会会员百余人。诗词已成为新泰文化一道靓丽的风景线。新泰先后获评全国文化工作先进地区、中国民间文化艺术之乡、中国书法之乡、齐鲁诗词之乡、中华诗词之乡等荣誉称号。

一城山水画卷，千年诗韵新泰。“书自香我何须花”，在付梓出版的《新泰诗韵》诗篇中，诗人们以生花妙笔写下了反映新泰人民美好生活的优美诗篇，展现了繁富丰盛、纷彩多姿的生动气象，给我们带来思想和艺术的熏陶。这是增强文化自信和文化软实力，激励全市人民站位新时代，不忘初心担使命、砥砺前行开新局的宝贵精神文明财富，值得我们倍加珍惜、倍加爱护。相信《新泰诗韵》的出版，必将成为爱祖国、爱家乡的生动教材和展示新泰优秀历史文化的重要窗口。希望全市人民能够以《新泰诗韵》出版为契机，进一步了解家乡、宣传家乡、建设家乡，在坚定文化自信、推动文化繁荣、建设新时代现代化强市中贡献智慧和力量。

中共新泰市委书记 宋鸿鹏

2022年3月

目　录

第一辑　采风诗词作品

第二辑　征稿诗词作品

第三辑　现代诗作品

第一辑　采风诗词作品

◆ 蒿　峰

题新泰毛泽东文献博物馆并致柏馆长

磨针集腋此心恒，奇迹原来个己能。

毛馆巍巍新圣地，一轮红日正升腾。

徂徕游（新韵）

泰山游几度，曾未到徂徕。

登顶腾身起，飞云抚面来。

声名东岳蔽，景色海光开。

净土留天地，吾今且旷怀。

过新泰望鲁南

轻车过岱东，草色映晴空。

绿野连凫峄，青丘接奄蒙。

三皇开混沌，五帝作华宫。

洙泗奔淮海，河山万古雄。

登莲花山

云谷仙台秋色浓，荒阶晚照始皇封。
岱南碧野留烟树，汶北莲花绽秀容。
螭屈千山新甫柏，龙吟万壑徂徕松。
携琴抱酒溪樵路，直蹑青岚听远钟。

注：新泰莲花山为岱南名山，主峰如一朵莲花含苞欲放。山上有云谷寺、仙台等名胜，传秦皇汉武皆曾驻跸于此。莲花山一带西周时称新甫，《诗经》有“新甫之柏、徂徕之松”之誉。

◆ 林　峰

新泰和圣园

寸心澄澈自无埃，翠柳枝头玉鉴开。
风物犹怜和圣像，先教春色此中来。

重登新泰莲花山

天门开处喜烟光，一叶一英自有常。
风动危崖声断续，云飞绝谷影昏黄。
晚钟远近思村路，夕照迷离入酒觞。
只是年来心渐老，峰前辜负杏花香。

◆ 向小文

遇新甫山美人梅，却不知其名

遥看片片似红云，近处风摇浅紫纷。
欲拾馨香遍山野，芳名百度始才闻。

登新泰新甫山

林深走走停，春色满山行。

朵朵红梅俏，喃喃白鸟鸣。

泉流溪月湿，云坠谷风生。

不觉至高处，绿峦朝我倾。

◆ 布凤华

登新泰凤凰山

平川绿翠鸟关关，皆道东君晚入山。

此处杏花真倔犟，满坡红涨助春颜。

柳下惠公园

不是猿猱爱鼓唇，逃名对色性情真。

汤汤浩浩东流客，君子如斯有几人。

蟠龙古井

鸟绝荒山草木稀，细民无奈旱魔威。

钢钎握起愚公后，唤得苍龙裂石飞。

注：新泰市龙廷镇掌平洼村，常年干旱缺水，村民历时10余年，用铁锤和钢钎在山上凿出一口直径28米，深28米，有108级台阶的大口径水井。

新泰毛泽东文献博物馆

耗尽家资亦富翁，赤心一片自孩童。
宝书百万三千卷，映得游人内外红。

注：柏钦水，13 岁起开始收藏毛泽东著作，获基尼斯纪录，此馆是收藏毛泽东著作版本最全最多、集毛泽东文献及领袖群体著作收藏、研究于一体的红色文献博物馆。

莲花山风动石

亦作风摇墙上草，此山坐定已千年。
无言阅尽往来客，妙理深谙即圣贤。

登新泰龟山

孔子登临处，东风约我来。
神龟昂首立，故国倚天开。
蹬道留陈迹，题岩尽俊才。
谪仙韩愈笔，逸响乃如雷。

◆ 林建华

杏梅花海吟

东风拂遍凤凰山，红粉香氛扑面颜，
万户千枝齐恸醉，徜徉流连忘回还。

柳下惠颂

孔孟推尊齐表圣，坐怀定力誉佳名。

情操握瑾无瑕秽，悦耳流传尽好声。

注：柳下惠居住并逝于新泰，被称为中国尊德守道的典范。

杞国印记

历史长河一瞬间，青铜杞国证斑斓。

忧天过虑生多事，警世箴言绕耳环。

注：西周时期杞国迁置山东新泰，有两件出土青铜器铭文为证。

晨望新泰青云湖山

霁峰高耸吻霞颜，漪碧银湾绕绿山。

湖韵霓光腾紫气，青云新泰水岑间。

访徂徕山礤石峪隐仙观

礨石嶙峋峰兀立，旷年银杏已齐天。

谪仙六逸居于处，岁月峥嵘史话传。

注：诗人李白曾隐居于此，与山东名士孔巢父、韩淮、裴政、陶沔、张叔明，并称“竹溪六逸”，建六逸堂，有李白塑像。

新甫山风动奇石（新韵）

疑是飞来石，依山在甫前。

风吹随我动，事静任君牵。

俯瞰凡尘道，平临三界天。

修行千百世，无语对人烟。

新泰龟山怀思

千年龟首眺，接踵俊英临。
夫子翩然至，谪仙洪亮吟。
登升多雅性，远望满清心。
唤醒人生梦，诗翁思绪深。

登峰新泰莲花山（新韵）

登峰达顶碧环山，翘首遥观泰岱尖。
汉武传闻留印迹，乾隆临幸过巅峦。
余音梵呗缭旋处，醉客普陀相映间。
拥翠樾荫仙界隐，茂陵秋树锁孱颜。

注：碧环是莲花的别称。莲花山原名新甫山。

蟠龙古井赞（新韵）

忽见蟠龙翘首威，烟云唤醒掌平飞。
十年清梦卓殊绩，永世流英颂赞碑。
醴水涓涓人迈寿，长河汩汩地芳菲。
喜闻古寨村容变，似锦繁花遍处辉。

注：新泰市龙廷镇掌平洼村，为解决常年干旱缺水，从 1966 年至 1976 年自力更生，用铁锤和钢钎硬是在山石上开凿出一口直径 28 米，深 28 米，有 108 级台阶的水井，解决了山村的缺水问题。被誉为“古井精神”。

◆ 张延龙

新泰龙廷镇二首（新韵）

（一）

小桥流水比江南，天外乡村紫气环。

美满人家花似海，风烟梦绕凤凰山。

（二）

杏花似海一川红，已改山村旧日容。

走近英雄流血处，几多思绪涌心中。

到龟山（五古）

我来寻圣迹，能不到龟山。

山上多奇石，山下有清泉。

先师登临处，曲径可登攀。

龟阴居住地，无处觅诗仙。

悠思若汶水，寄雁飞西南。

总是时间久，几多思绪牵。

和圣庙怀古（五古）

汶阳祀和圣，自古誉名高。

碧玉染千树，青丝飘万条。

杏坛开孔孟，道德承虞尧。

大智解齐围，礼乐尊周朝。

一心怀故国，三黜不应招。

死后白龙化，奉旨战黑妖。

秦师似狼虎，不敢入采樵。

◆ 张维刚

启　程

采风娱悦向新泰，一路春光花满山。
欲让诗情添惬意，吟歌润色自心间。

青云山

踏春新泰聚骚客，山上花枝隐约红。
留恋风光千万色，青云里面景无穷。

访龙廷掌平洼

十年打井出清泉，从此龙涎润旱田。
梅杏如今颜值靓，漫山遍野似诗篇。

莲花山

青峰石上育奇葩，新甫风光不败花。
远望高山吟一曲，观音不拜敬农家。

再咏莲花山（通韵）

新甫莲花水月情，观音云谷有回声。
晨钟暮鼓僧家韵，可上天台雾里听。

登新泰龟山

攀登奋勇上龟山，去悟长生不老缘。
历练全凭心有梦，白翁能唱少年篇。

参观新泰毛主席著作收藏纪念馆（通韵）

万卷珍藏红宝书，精神正气满堂庐。

今来汲取无穷力，后续征程有老夫。

赞徐家拳

风光拳术育何身，岁月徐家历练人。

新泰大旗擎启福，武行千万这功真。

注：新泰文联主席徐勤启是徐家拳传承人。

新泰诗词采风游吟

雨后东风起韵声，杏花开放醉天晴。

丹心释血化春色，朗月行云入梦情。

杞国人中忧陨落，坐怀柳下惠难惊。

大堂故事听新课，敬学先贤爱此城。

鹧鸪天·老瓜峪革命展绾

故事鲁中逐梦踪，老瓜峪里展雄风。

来观旧址云烟色，记下新潮华夏龙。

扬正气，练真功。先锋俊杰彩如虹。

沂蒙百姓情难忘，鲜血曾流激战中。

◆ 王来宾

登新甫山

云海群山起，莲花乘玉台。
登高临巘顶，屏嶂万层开。

注：新甫山即莲花山旧名，现在恢复。

掌平洼村老井（新韵）

古有移山绕耳声，今人壮志载英名。
十年挖井三十米，记忆乡村几代情。

临湖望青云山（新韵）

伟岸临湖入碧穹，携从群岭向峥嵘。
谦谦君子多情水，一派西霞满目红。

掌平洼杏梅花节

新泰青山费劲猜，只缘灵感太难来。
春风知我寻诗句，处处鲜花任性开。

登新泰龟山（新韵）

嶙峋山上卧，千古对苍穹。
吐纳乾坤气，追寻日月踪。
兵戈谁胜败，野草几枯荣。
暮色随河尽，明天看日红。

浣溪沙·游龙廷镇掌平洼村

二月龙廷醒凤凰，东风载我看风光。东西南北杏花香。　刚在古村观老井，又随村长看新房。一杯茶水问源长。

浣溪沙·凤凰山观景台

玉带盘山上凤凰，平台观景觅诗章。杏花如海没村庄。　薄雾云烟浮故事，龙须崮上动刀枪。凭栏远望却茫茫。

浣溪沙·掌平洼村（新韵）

小院新新门半开。杏花几朵笑羞腮。摇摇小狗尾巴乖。　问道主人何处去，围裙纤手火房来。客人饱腹杏花拍。

西江月·青云湖（新韵）

鸡叫晨天湖晓，水平倒影青峰。一湾浩淼启明星，催促东风早动。　含露野花吐露，出云红日喷腾。白杨染绿鸟声声，骚客来寻诗境。

◆ 刘业玲

登掌平洼凤凰山即景感怀

烟霞十里看花朝，是处东风一笔描。
多少悬车封印客，谁人到此不弯腰。

登新泰龟山

苍海轮回一柱山，神龟卧顶视尘寰。
登来高处参先圣，但得诗心不老颜。

参观太公峪党性教育基地拜祭巾帼烈士

割心含泪恭长揖，青史垂垂厚土同。

巾帼英灵当永在，满山化作杏梅红。

新甫山汉武帝碑亭怀古（新韵）

九峰无语任传闻，汉帝修仙仗警音。

碑上凹坑依旧在，可怜孤塔绕浮云。

新甫山寄题

全新大道继开来，绕耳清音绝俗埃。

行到路穷昂首看，千寻拔地起莲台。

题赠毛泽东文献博物馆及柏钦水馆长

三千书厚重，精卫寸心忠。

壮志怀天下，真情纳馆中。

连城难比价，憾世已留功。

满载人民愿，长存日月同。

参观新泰掌平洼村寄题

洼连千古近仙乡，忆往羞题落凤凰。

旧日卷云难雨露，曾时烧土虐麻桑。

力开巨井神工怯，改换良田稼穑扬。

无愧愚公留后世，繁花一路看康庄。

◆ 马明德

和圣园感怀（通韵）

坐怀未乱世流传，处事管中察豹斑。

三黜初心浑不改，我说直道贵于难。

注：柳下惠，孟子尊为“和圣”；“直道而事人，焉往而不三黜”一句名言，出自柳下惠。

英勇不屈六巾帼

面对群魔志愈坚，活埋威吓态依然。

娃儿迷眼衣襟盖，报效国家惊昊天。

礼赞新泰毛泽东文献博物馆并寄柏钦水先生

执著收藏六秩年，巍巍广厦载珍编。

古今中外时期久，书籍图章种类全。

不辍坚持赖情结，守恒奉献靠津钱。

江山社稷葆牢固，赤子之心为意绵。

注：纪念馆收藏各类毛泽东著作7000多种、30多万册，被上海大世界吉尼斯总部认为“收藏毛泽东著作版本最多的人”。

临江仙·访龙廷革命史纪念馆

热血沸腾情激越，物图带入当年。龙廷史册富宏篇。油灯生妙计，土炮起波澜。　铁刃土门欣铸就，龙溪水理悲弦。总戎帷幄凯歌传。基因于铁骨，红帜耀瀛寰。

临江仙·参观掌平注螺旋井

九顶凤凰环宝地，杏梅灼灼瑶园。游人首赏去谁边？奇观村古井，悲壮语当年。　　石块土方成万计，用残数吨钢钎。十年血汗化甘泉。龙头仙气吐，奋迹玉碑镌。

八声甘州·新甫山纪游

正乍寒又暖艳阳天，朋俦悦心攀。看青松翠柏，飞泉流瀑，峰插云天。更有嶙峋危石，幽洞隐神仙。耸翠楼台阁，轻步寻缘。　　科马提岩标石，引游人魂魄，思绪绵绵。那秦皇驻跸，汉武植松传。帝康乾、南巡来此，雅兴高、留下美诗篇。新风物、倍生灵感，囊满回还。

◆ 李宗健

龟山有怀（新韵）

春风送我过汶南，林蔼波光二月间。
群岭秀攒桃与李，几家村舍尚依山。

新泰感怀

花开花落千层树，山北山南三两家。
料峭风头犹助暖，一城春色裹年华。

青云湖晨色

摘取新花补旧文，一湖春色竞缤纷。
波光寥落村依水，起伏峰峦半入云。

过汶南镇

徘徊只在稻粱间，道若虚无宇宙闲。
自是筹谋应有尽，谁能遇事说相关。

过新甫山

岱岳望东新甫山，势开九瓣托青莲。
珠玑过眼如持钵，松柏栖身似坐禅。
求索炼成苍狗句，登临探得白云篇。
春光襟带柴汶水，拱卫棋枰脚下田。

过青云湖

喧嚣过后避沉沦，春夏秋冬夜与晨。
杞国已耽占卜字，邯郸谁忆煮粱人。
情因悱恻难成句，懒到愁多怕顾身。
朝气仍衔桃色浅，暖风尽拂柳条新。

小协镇炮楼

汶河汇处铁龙横，大协村边有大名。
枪眼未消铭后世，石墙追忆记前生。
若能雨洗登和览，何不云埋战与争。
碉堡依然经岁月，藏些警示两三声。

蟠龙古井

龙廷栖凤路横斜，久旱愁多苦少家。
九顶支撑犹自奋，十年穿凿向谁夸。
石阶挖出清泉水，铁桶浇开老树丫。
井壁围成些故事，乡村记忆掌平洼。

◆ 闫秀媛

新甫采风

淳风缕缕来新甫，吾共诗仙景里行。
不学武皇迎圣客，只随太白一邀名。

莲花山

柴城翠拥九峰松，一朵莲花三界空。
悟得静思惟自在，悠悠梵呗入心宫。

龟山感怀

人生莫恨知音少，琴韵千秋意透明。
来赴龟山观景致，群英诗赋颂升平。

青云湖有怀

秀水青峰春色淡，扁舟载酒几人吟，
湖中西子如相识，笔下摇来一片心。

游和圣园

旷籁悠悠存正气，和风吹绿到阶前。
坐怀不乱寻君影，忠义千秋说圣贤。

青云山感怀

岱宗千丈岙山连，峭壁如屏住圣贤。
叹古叹今犹在耳，忧人忧我岂由天。

◆ 何树华

莲花咏（七首）

一

莲花山下山环水，远望其然是落伽。
莫道春分时尚浅，奇峰倒映作莲花。

二

碑文半灭漫嗟呀，地老天荒思汉家。
世事浮云皆过眼，观音稳稳坐莲花。

三

缆车迢递似仙槎，平步青云静不哗。
参罢梵宫行罢礼，心中一朵是莲花。

四

诸公衮衮数名家，腹有诗书气自华。
三尺讲坛千百众，静听绣口吐莲花。

五

青云湖畔柳些些，醉里题诗字半斜。
咏尽仙山歌尽水，归来怎不忆莲花？

六

高山顶上望天涯，踏破芒鞋不见她。

解得菩提本无树，三千世界是莲花。

七

春来新墨试才华，未就丹砂愧大家。

且向诗坛行七步，回看步步起莲花。

新泰采风

青云湖畔柳如丝，春末平阳忆恋时。

若此江山堪入画，这般人物好吟诗。

权威讲座天章论，才子采风云锦思。

莫道芳名传说远，诗乡全国看旌旗。

菩萨蛮·平阳怀古

风光绝胜胭脂脸，山河能壮英雄胆。杞国莫忧天，莲花山外山。　闲来西柳坐，柳下安知我？两晋已苍茫，风流属一羊。

诉衷情令·羊祜

窥吴兴晋费华章，立马镇长江。岘山堕泪碑下，千古断人肠。　追往事，叹兴亡。漫思量。风流已矣，雁过青云，我在平阳。

诉衷情令·孔子学院

弦歌一曲动寰球，子曰复何求。教鞭遥指封外，识得盛名不？　思博弈，著春秋。数风流。三千弟子，七二贤人，大道悠悠。

◆ 肖力勇

初春登新甫山

正值晴云柳色新，微微淑气暖行尘。

千年汉武今何在，一朵莲花现佛身。

伫青云湖畔瞭望青云山（新韵）

晓波泛影小舟痕，堤柳扶风抚我襟。

伫立平湖人未渡，心随凌翠上青云。

清平乐·新甫山

岫云舒卷，转瞬阴晴幻。秀举莲花云外看，不信天涯客倦。　听那柳雨纷纷，洗身莫若洗心。修个从今无我，维摩一默超尘。

◆ 朱振东

游新甫山（新韵）

湖畔春风桃几树，清香曲绕石莲花。

沁人古柏依新甫，飞鸟归来落有家。

◆ 王志静

游新甫山（通韵）

海生新甫九莲峰，环翠岩泉瀑下风。

林麓徜徉留步醉，一声喜鹊数声莺。

第二辑　征稿诗词作品

◆ 徐勤启

新城巨变

高楼林立古平阳，街巷条条胜画廊。

勤政换来环境美，以民为本谱新章。

注：此作在“三圣故里·大美新泰”诗词创作征稿中获三等奖。

赞滨湖广场（新韵）

青云湖畔美如画，音乐喷泉涌赞歌。

处处休闲健身影，市民同乐幸福多。

寿无疆

经风沐雨百年党，万众同心向太阳。

不忘初衷思使命，中华兴盛寿无疆。

天下第一山（新韵）

中华大地一奇观，五岳独尊是泰山。

历代帝王封禅后，世人登顶祷平安。

贺诗词学会成立（新韵）

锦绣平阳九月天，酒家金穗聚群贤。
诗词学会诞生日，花伴文人绽笑颜。

赞天下第一芹（新韵）

新泰美芹甜脆香，降压保健抗癌强。
康熙尝罢封食贡，钦赐嘉名四海扬。

赞新泰天成观音（古风）

世上天然一奇观，观音端坐莲花山。
山外游客来朝拜，拜佛祈福保平安。

咏百年老梨树

金斗山中观白雪，百年玉露盛开妍。
家庭和睦人不老，也像古梨长寿延。

新泰体育健儿赞

体育摇篮培健将，奋兴拼搏夺金冠。
神州骄子出新泰，为国争光四海欢。

人民教师赞

三尺讲坛倾碧血，燃烧蜡烛谱华章。
辛勤园长培桃李，梦想成真育栋梁。

赞起重之乡

故乡羊祜乃英豪，艰苦创新信誉高。

经济腾飞多贡献，小康路上振翔翱。

赞北京冬奥中华健儿

冬奥北京燃圣火，中华健将志忠坚。

赛场冰雪风仪秀，为国争光勇向前。

◆王　超

初春登青云山有感（四首）

一

青云寻胜迹，路险怪岩多。

蔽鲁登峰望，何须有斧柯。

二

祭祀因嶅具，山名尽蔡生。

游人无琐事，利禄有谁惊。

三

岸柳随波远，山高色渐新。

春初风亦冷，难挡赏游人。

四

百壑归湖碧，孤峰映浅眸。

拖蓝能复旧，不改付西流。

天成观音（新韵）

（天）外石灵降世间，（成）形百炼不知年。
（观）奇悟道苍生佑，（音）秀参禅众口传。
（莲）绽九峰襟岱岳，（花）开万载入云巅。
（仙）台夕照今何觅，（境）美诚心待善缘。

清音水韵（新韵）

（清）风丽日伴千帆，（音）绕斜桥胜管弦。
（水）映青峰题武墨，（韵）飞白雪忆师颜。
（烟）升四野八方乐，（雨）润三官五谷甜。
（江）碧花红轻入梦，（南）天一柱落公园。

鳌山映碧

（鳌）具城东雾霭升，（山）奇路险可攀登。
（映）霞旖旎千帆妙，（碧）草葱茏万木兴。
（水）润青云松不老，（天）酬壮志国方腾。
（一）园道尽清音梦，（色）彩滨湖气势弘。

◆ 李作保

鹧鸪天 · 丝路

丝路西行一路和。时空冲破述六合。花翩蝶舞醉阡陌，风嗅云飞抚女罗。　　蝉鸣切，鹤婆娑。白杨作柱驭空茁。神鹰比翼天歌咏，万里遥遥跨海河。

◆ 王安全

故里三圣（三首）

一、和圣柳下惠

坐怀不乱德之师，退敌片言功愈奇。
三黜未离乡国域，至今柳下甩青丝。

二、乐圣师旷

一抹丝弦众鹤鸣，瞑臣治国拟琴声。
经纶满腹为君奏，天地应呼神鬼惊。

注：瞑臣为师旷自称。

三、礼圣高堂生

礼经秦火汉重萌，源自高堂复诵声。
君看龙池临水月，亦依规矩向西行。

注：高堂生，复姓高堂。

母校（新泰一中）

少年意气梦生香，初入校园文庙旁。
学屋灯光燃朗月，尊师汗雨洗朝阳。
润滋嘉木圃中盛，化育雄鹰宇际翔。
欲叩庠门思反哺，沐恩如海斗难量。

登莲花山

步韵明代孙述《秋日来登有感》

我赏春光君赏秋，一山胜概古今留。
小溪漱石兼溶月，苍柏挽云堪洗愁。
露润莲花三界美，岚濡梵呗九峰幽。
忧无进退真仁士，国泰民安盛景优。

颂沈公

故园高士若星辰，烁古炳今谁比伦。
坐破寒毡才盖世，修齐先圣品无尘。
一联抱柱邀明月，双剑佑民昭后人。
我为沈公三击节，千秋万代与君邻。

注：沈公，故乡先贤沈毓寅。

新泰赋

千年古县，魅力新泰。新甫泰山，取首字而为名；汶水群溪，映日月以叠彩。大块赋以形胜，山川毓秀，海岱可望；先祖播以文明，彦哲辈出，风神隽迈。嗟乎！物华天宝矣，耀齐鲁之明珠；人杰地灵矣，兴中华之膏脉。

观夫古之八景，嘉胜竞妍。新甫涌翠，诗经有志；汶水拖蓝，叹为奇观。敖山削壁，神工鬼斧；法云翠润，嘉木蔽天。曝书古迹，颂鲁生之佳话；仙台夕照，映汉武之容颜。龙池秋月，赏双月之跃金；灵槐复荣，留百世之美谈。更有春秋遗迹，发人幽思；战国墓群，浮想联翩。世吟梁父，帝王封岱而必禅；史颂龟山，孔子琴操以鸣弹。银杏蔽日，护千秋之古寺；竹溪流月，诵六逸之诗篇。洗心哉，山间平湖曰青云；夺目哉，古村老井叹螺旋。信然古迹赫赫，新景煌煌，令人梦萦魂牵。乃若城乡共赏独杆翘、百兽图，官民皆叹晃荡灯、徐家拳，亦为精彩绝伦，古今流传者也！

稽其高士尊显，灿若星辰。和圣展禽，退敌片言而功成，明德以安邦；乐圣师旷，劝君秉烛而夜读，治国以鸣琴。礼圣高堂生，复礼之诵，使人行止以遵；名相鲍叔牙，分金之谊，迄今遗风犹存。林放问礼，孔夫子赞叹大哉问；鲍信讨逆，魏武帝洒泪悼功臣。羊祜忠略，国得以统；羊续清廉，衙悬以鳞。书家羊敬元，字匹之于大令；重臣萧大亨，功成之于国门。操守冰清，兴学理讼，忆县令高如山；至忠至孝，安境祐民，颂楷模沈疏寅。扬波沃日，咏航海翟墨；研学翘楚，数杨门茂君。嗟乎！先贤众矣，难以尽数；后昆秀矣，英杰缤纷。

洵然天庆地德，物阜民康。矿藏充沛，动植繁盛；人民勤劳，沃野丰穰。丝出横山，芹产郊乡。樱桃香椿，草豕红羊。嗟乎！古之朝贡，今之名优，誉布于四海，惠及于八方。民风市容，商旅称双美；经济实力，全国跃百强。三大产业，裕民兴市；五大文明，溢彩流芳。且夫山川漠漠，林茂谷长，汶水澹澹，鱼跃鸢翔，诚为宜业宜居之佳域也。

噫吁嚱！千秋古县，日新月异；万里鹏程，凤翥龙骧。丹忱游子，情系桑梓；岁在辛丑，感咏故乡。诗曰：

入梦频频是故乡，平阳河畔燕回翔。
分金鲍子音犹在，柱国瞑臣琴正扬。
山簇莲花开佛界，君吟梁父荡诗肠。
时闻杜宇归心重，一赋初成热泪滂。

注：此作在“三圣故里·大美新泰”诗词创作征稿中获一等奖。

◆ 李跃贤

沁园春·新泰巨变

美丽柴城，锦绣山河，三圣故乡。看沃畴种画，蝶翻花浪，温泉溅玉，鱼恋荷塘。绿化传馨，莲花吐秀，九顶皇山、引凤凰。桃源景，任莺啼翡翠，霞舞霓裳。沧桑豹变新装。　　襟怀远、耕耘奔小康。有镰锤拓路，乡村展翼，初心映日，骏业争光。生态飞歌，文明享誉，商旅繁荣步百强。高标树，恰风华正茂，铸就辉煌。

注解：①柴城——新泰别称，莲花——莲花山。

②苏轼词谱，词林正韵。

注：此作在“三圣故里·大美新泰”诗词创作征稿中获一等奖。

◆ 高凤梅

鹧鸪天·访新泰山根村

石垒方成车库新，小楼复式五三邻。山肴野蔌民风朴，陇月溪云古意淳。　　收板栗，采松榛。城乡游客往来频。蜿蜒路到康庄境，萼破梯田别样春。

注：此作在“三圣故里·大美新泰”诗词创作征稿中获一等奖。

◆ 吴成伟

登新泰徂徕山

诸岭拥柴城，天低云霭轻。
龙虬松韵笔，豹隐竹溪情。
泰岳传三杰，徂徕启二程。
千秋虽往矣，不变月光明。

注解：①柴城：新泰别名。②龙虬句：松的意态如龙弯曲。《诗经·鲁颂·閟宫》："徂徕之松，新甫之柏。"③豹隐句：比喻洁身自好，隐居不仕。竹溪六逸：唐开元二十五年，李白移家东鲁，与山东名士孔巢父、韩准、裴政、张叔明、陶沔在泰安府徂徕山下的竹溪隐居。④三杰：宋初三先生孙复、石介和胡瑗。⑤徂徕先生石介开宋明理学之先声，关于"理""气"等论对"二程"、朱熹等影响甚大。

注：此作在"三圣故里·大美新泰"诗词创作征稿中获二等奖。

◆ 公建平

山中百合

轮生茎育谷中开，仙子霓裳又再来。
雅洁丹心香暗送，庄周蝶梦引徘徊。

平阳秋云

青宇白纱渺，飘浮有若空。
朝飞嶅顶霁，暮卷汶滨红。
一纸著书净，千重弄笔雄。
痴情魂几缕，蛩梦老秋风。

夏游青云湖

芬芳落尽已成尘，野渚微风度水滨。
雨露禾苗蛙噪起，山陵青杏燕飞频。
云中白鹭清音远，塘上红蕖弄影新。
湖岸时光今独好，騃蜂痴蝶又谁人。

鳌山初雪

平阳卓笔涂银粟，郭旷茫茫盖絮衾。
荒草苍崖啼翠鸟，浅溪幽壑响清音。
云湖野水明天远，雪树峰烟暗雾深。
风凛凌寒依旧是，梅梢醒梦淡香临。

礼赞徂徕山起义

梦起南湖一叶舟，沉沦赤县此时休。
烽烟齐鲁尘埃肆，鼓角徂徕岁月讴。
寺岭出师灵骨寄，四槐报国美名留。
为民矢志怀悲壮，盛世吟诗载万秋。

徂徕山起义：一九三八年一月一日，省委书记黎玉率共产党人在泰安徂徕山大寺举行起义。点燃了山东人民武装抗日的烽火。敬赋诗词，献给参加徂徕山起义的新泰老战士。

天宝樱桃

徂徕壑谷柏参差，幽径清溪染翠姿。
千载水晶吟客梦，万枝玛瑙故人诗。
深山村女园林绕，古道商家车马驰。
五百经年藏御品，烟红天宝尽情痴。

踏莎行·青云山湖又春色

迟日归来，微寒别后。野凫戏水舟如旧。玉兰庭院向青天，草芳堤岸连黄柳。　鸥鹭他乡，蝶蜂欲友。青云湖恋青云岫。鳞波期久暖春柔，孤山多谢东风佑。

注：此作在“三圣故里·大美新泰”诗词创作征稿中获二等奖。

◆张　鑫

平阳河公园

杨柳春繁芷卉稠，河滨湿地苇莺啾。
消闲遣兴天将暮，不觉时光似水流。

新汶春日

阳曦催麦秀，夜雨带潮生。
树暖鶺啼早，烟微柳絮轻。
黄山溪骤涨，汶水浪应澎。
坐看风云起，追随鹤梦萦。

鳌山春景

金堤菀柳荡繁丝，峭壁苍松舞野姿。
语燕啼莺寻胜景，赏花观秀觅仙枝。
眼前碧水佳妍媚，胸臆豪情意兴驰。
锦绣云程飞绮信，冰心一片寄相思。

登新甫山

莲花仰望立晴空，趺坐观音宝相丰。
云谷鸟鸣禅意韵，林峦翠涌染枝葱。
衰翁备说秦皇事，故迹难寻汉武宫。
古寺晚钟思绪远，仙台夕照映霞红。

平阳秋色

迁徙晨凫入昊空，奔流汶水没隅中。
紫薇金菊凌霄盛，甘薯花生玉米丰。
不被浮云遮望眼，且留清气傲苍穹。
天连峭壁无穷黛，霜染寒林别样红。

贺新汶文联成立

难觅知音此处寻，隆冬时节降甘霖。
摇头晃脑诗词诵，唤友呼朋曲赋吟。
万马欣鸣丰水草，百花怒放足光阴。
凌寒犹觉阳春暖，笃信东风已惠临。

观楼德南泉

�林秀木现葱菁，映日春波透湛明。
遁入桃源邻客远，移居世外媚颜轻。
求鱼垂钓菟裘岸，邀酒频端六逸觥。
水涌龙吟游似乐，云蒸气润柳溪城。

注：此作在“三圣故里·大美新泰”诗词创作征稿中获二等奖。

徂徕山

长天一碧到沧溟，独秀三台簇锦屏。
松月临窗怀鹿隐，竹溪放鸟作琴听。
暮林霞彩中军帐，晨雾烟云礤石铭。
近望徂徕犹伟岸，夜闻汶水更清泠。

雨中登青云山

危崖峭壁矗苍冥，鬼斧神工塑貌形。
赞誉平阳凌岱岳，寻源汶水在龙廷。
湖光飘渺蓝镶白，山色空蒙黛转青。
风雨千年犹伟岸，伴同古邑复丰宁。

平阳冬日

晓天柴汶瀑淙潺，晨雾青云水婉娴。
群集鸣鸠朝夕在，双飞燕子几时还？
风催衰草融残雪，日照平阳映丽颜。
待到峰头霜柏翠，登临峭壁杏花斓。

八声甘州·青云湖赞

对烟霞万里接长天，人在画中游。望连堤环曲，澄湖潋滟，夕照当头。远处随波起伏，点点是鱼鸥。碧海飞明镜，满目娇羞。　　本据嶅山右地，问千秋往事，洪涝甘休？为填河筑坝，誓把孽龙囚。任前朝、布行云雨，定乾坤、成效未全收。欣今日、若金汤固，百姓无忧。

满庭芳·贺新泰市政协会议召开

金斗山前，青云湖畔，隽英欢聚高堂。国安民泰，憧憬话平阳。良策缤纷进献，争恐后、踊奏华章。佳期少，委员企盼，参政调研忙。　　相商行大道，情真意切，语重心长。若充耳黄钟，激迸灵光。屋外寒潮眷顾，君淡定、一霎飙狂。征程远，新无止境，跨越美名扬。

行香子·新泰赏春

川绿原芳，宇碧山苍。正春色、一派新装。流云过拂，旅雁飞翔。看桃花红，梨花白，菜花黄。　　呼儿唤妇，梳妆洁面。踏青蒿、信步平冈。农家乐处，痛饮琼浆。趁天温煦，风温润，卉温香。

醉太平·太平山行

天空放晴，花香道迎。绿杨阴里蝉鸣，赞人间太平。　　溪潺树明，烟微絮轻。暖风熏醉初醒，去寻芳恣行。

减字木兰花·平阳河畔

莺啼燕啭，雨后烟轻遮绿岸。沧浪风慵，竹外斜阳一钓翁。　　问花不语，蛱蝶寻飞芳草去。门掩黄昏，香溢堂前一树春。

◆ 邹元镁

柴汶河感怀

晨赏沂蒙景，昏归水泊乡。
聚精凝玉液，泽岸育丰粮。
情载平阳意，祥承岱岳光。
迂回终入海，夕照醉群芳。

注：此作在“三圣故里·大美新泰”诗词创作征稿中获二等奖。

新泰盛怀

鳌峰汶水边，沃土映蓝天。
祖甫秀风景，鲍林留史笺。
物华存宝藏，水美沁山川。
自古平阳地，英才万万千。

游莲花山古寺（新韵）

日照莲花岭，晨钟动鸟鸣。
苍松悠静翠，泉水滚翻清。
山拗寻名刹，禅堂念诵经。
敢求僧长老，何以世无争。

新泰感怀

日出青云汶水烟，丰腴厚土衬蓝天。
金龟金斗多峰秀，子野子丘千载传。
拓展光能明更净，钦承礼道孝随贤。
平阳古韵赋新雅，辈涌英才竞比肩。

注：青云，指青云山。金龟，指龟山，位于新泰城西南方向。金斗，指金斗山。子野，指师旷，新泰历史名人。子丘，指林放，新泰历史名人。

乡镇干部赞（新韵）

根驻基层米粒官，奔波酷暑并严寒。
帮扶情系困难户，坚守魂牵业务滩。
公众迎来需与盼，倦容挂满苦和甘。
职权虽小担当重，风雨独撑一片天。

念故乡（新韵）

叶落归根自古情，霜飞鬓发促心声。
几团童影梦常聚，一缕乡音醉爱听。
难忘潜塘攀果树，最思编帽扮豪英。
当年急切出山道，回望方知故月明。

新甫山

奇峰叠翠绽莲花，日出尘烟照九葩。
天赐观音迎逸客，钟鸣古寺覆金霞。
腾云栈道凭空越，倚壁松涛结阵哗。
勇立层巅寻汶水，一条玉带舞春纱。

青云山

携友踏春情激燎，青云湖畔览嶕峣。
崖前诚拜三官庙，峰顶如临九宇霄。
侧望何堪华岳险，深思欣幸汶乡饶。
玉皇作伴承天意，缕缕清风独树摇。

冬季见子山

秋末冬初见子山，繁华褪去露真颜。
巍巍巨石苍天立，静静清湖俊鸟还。
几列群峰层叠叠，一条大蟒曲弯弯。
谁言寒季无红彩？火棘常留峭壁间。

放城小三峡

春秋古道采风行，三峡平湖入目惊。
疑是田园浮海市，怎知石井蓄金泓。
轻舟数叶漂流过，白鹭一群嬉戏鸣。
碧水青山相映照，乡村无处不融晴。

清音公园

清音流韵动琴弦，为我和吟计累年。
数列柳丝缠候鸟，一池春水映山鹃。
拱桥对合团圆意，仙雾升腾过往烟。
师旷子丘留妙句，慢游史海亦酣然。

禹村香椿节

最美人间四月天，椿乡喜运聚群仙。
嫩芽初露枝头秀，香气满盈心底穿。
袅袅余音飘老寨，滔滔甘水涌南泉。
精勤开辟腾飞路，魅力禹村书雅篇。

◆ 吕文峰

青云湖消暑

青云湖色美，莲动溢清香。
蝉雀高枝立，随波解暑凉。

湖边秀色

湖边春草绿，静水碧荷尖。
独赏迷人景，超然意畅恬。

钓　趣

持竿上近郊，暂把俗喧抛。
漫钓灵溪水，蝉儿唱柳梢。

湖边消暑

夏日步江汀，金堤劲草青。
逍遥闲趣客，避暑小湖亭。

太平山游记

太平山顶叶霜红，喜看松涛更郁葱。
漫步丛林真惬意，寄情最美自然风！

注：此作在“三圣故里·大美新泰”诗词创作征稿中获二等奖。

贺家乡新泰喜获“全国文明城市”荣誉称号（新韵）

文明城市展新容，此处民风善意浓。
自古平阳贤俊地，淳朴早已刻心中！

注：山东新泰，古称平阳，盖因春秋时期鲁国在新泰城南设置平阳邑而得名。拥有新甫山、金斗山、青云山、和圣园、清音公园等众多4A景区。被誉为国家园林城市，其中新泰八景更是名载史册。是历史名人柳下惠、鲍叔牙、师旷、羊祜等众多贤臣良将故里。

赞家乡新泰（二首）

一

悬鱼太守史留名，师旷颖聪天下惊。
管鲍分金君子邑，平阳自古出豪英！

二

叔牙和圣出平阳，新甫青云拥翠妆。
汶水拖蓝生态美，园林秀伟好家乡。

太平山游记（二首）

一

太平山顶叶霜红，喜看松涛更郁葱。
漫步丛林真惬意，寄情最美自然风！

二

春来漫步太平山，松木盈香映笑颜。
登顶望空心荡漾，娱情碧水白云间。

饮马泉

太平山顶竹溪前，清澈甘甜饮马泉。
不改当年征战意，沧桑变换景依然。

◆ 王纪强

鹧鸪天·松山水库吟

蟹雨虾风骇浪前。神工鬼府一城圆。人家春事入眸中，渔火涛声到枕边。　　晨似画，暮如眠。无垠浩瀚碧蓝田。牧渔耕海神奇地，一曲渔光韵万年。

注：此作在“三圣故里·大美新泰”诗词创作征稿中获三等奖。

◆ 马金玉

踏莎行·游莲花山

山挂银泉，云堆翠径。风光最好莲花岭，水声起处石精奇，竹涛涌罢松涛应。　　鸟和弦音，鱼敲日影。阶阶铭刻贤人咏。曾经汉武此山游，而今我亦游山景。

注：此作在“三圣故里·大美新泰”诗词创作征稿中获三等奖。

◆ 王志刚

游新泰莲花山感吟

九峰耸峙翠莲开，幽雅馨香扑面来。

入目清溪飞瀑炫，倾心滋世洗尘埃。

注：此作在“三圣故里·大美新泰”诗词创作征稿中获三等奖。

◆ 李冠军

新泰史事有感

岱东多胜景，汶水育淳风。

和乐尊双圣①，知人数鲍公②。

竹溪云未散③，梁父道仍雄④。

过往先贤事，常醒后世功。

注解：①此指新泰史上和圣柳下惠和乐圣师旷。②史记中说：天下不少管仲之贤，而少鲍叔知人之能。③竹溪六逸，李白《送韩准裴政孔巢父还山》诗中曾有“昨宵梦里还，云弄竹溪月”之句，便是对这段隐居生活的回忆。④孔子曾以登梁父喻推行仁道的艰难，东汉张衡曾以“梁父艰”来比喻仕途险恶。

注：此作在“三圣故里·大美新泰”诗词创作征稿中获三等奖。

放城小三峡

浅温三峡梦，复至泗河滨。

翠岸情虽暖，清波韵已臻。

经年存古道，历代尚贤人。

间礼林公志，承传自有邻。

沈公赞

汶水多才俊，沈公天下知。
两全忠孝在，一死息肩时。
处世根无改，为官节不移。
千秋清气在，独绕壁间词。

秋

莫道秋来万木萧，风光还数此时娇。
当初碧玉辞香阁，今日庄妃过小桥。
历尽繁华情更远，修成静气意尤超。
菊心深得其中味，懒与梅花抢早朝。

临江仙·清音夏夜有感

难得凉风佳月，闲来独倚莲亭。宵阑人静少蛙鸣。任工般以结，抚百折人生。　　揉碎豪情万史，唯留寂意三成。狐琴弦断久无声。单衫清露冷，杯尽数残星。

浪淘沙令·新泰

长卷为谁裁，削壁仙台。清音谡谡绕灵槐。玉带萦回滋翠润，涤尽尘埃。　　梁父险无阶，今辈当开，此情足慰圣人怀。墨色常新无止境，应胜蓬莱。

◆ 韩　军

汶河沙滩

金沙漫漫岸坡斜，逐浪追波戏脚丫。

拾得片时鹅卵石，试将童趣捡回家。

注：此作在“三圣故里·大美新泰”诗词创作征稿中获三等奖。

谒聂耳像（新韵）

旋律依然咏大风，激昂总是故国情。

请君再抚歌一曲，好励蓬帆万里程。

平阳河公园（新韵）

公园沿岸众来多，处处浓荫撞眼罗。

晨练太极挥剑起，晚欢舞步漾笙歌。

减字木兰花·新城气象

高楼栉比，座座雄姿平地起。大道驱宽，拓展条条接远天。　　一城绿绕，处处生机青翠俏。气象轩昂，画卷勤描润小康。

◆ 尹成才

青龙潭

松静涛声远，山高水韵长。

龙潜碧潭底，独坐钓斜阳。

注：此作在“三圣故里·大美新泰”诗词创作征稿中获三等奖。

游莲花山

莲花九峰聚，登顶与霞齐。
鸟在枝头叫，诗于树下题。
天门流目远，云岭俯身低。
仙境留连久，归来日已西。

望仙楼

危耸挂天半，苍茫几亿年。
洞中升白雾，楼上起青烟。
汉武求长寿，秦皇好望仙。
帝王虽作古，新甫有遗篇。

春　游

一夜春风起，三阳照大千。
群山松带雨，两岸柳如烟。
水上鱼儿跃，空中燕子旋。
景区游客涌，人性喜天然。

陪梁溪散人游莲花山

忽见师兄到，心情逐浪高。
和风传梵韵，细雨润松涛。
古寺钟声远，新诗气势豪。
莲峰着浓彩，秋色醉吾曹。

秋　韵

风轻云淡鸟鸣幽，古木凋疏客倚楼。
几片绿苔荒碣润，一枝红叶满山秋。

游莲花山云谷寺

夏日携朋游古庙，百花争放鸟鸣溪。
远观汉武寻仙处，近踏离宫醉石梯。
万木朝天向阳望，千人拜佛把头低。
喜今一派繁华景，温故知新命笔题。

秋日游新甫山（新韵）

满山红叶满山秋，仙境风光客自留。
古寺新檐桷有韵，老僧慈目面无愁。
倚云栈道千人挤，接地峰峦万树幽。
盛世全民旅游热，汉秦遗迹可寻求。

拓碑感怀

一朝功就万千磨，雨打风吹历劫波。
无论皇朝更迭转，任凭大雁往来梭。
但求题刻失残少，不怕拓碑流汗多。
全集书成刊印日，应邀师友唱高歌。

题百合和园

羊流驿道创辉煌，惠美和园点靓装。
五彩千顷掀巨浪，百合一品冠群芳。
游人如织网红热，产业融成实体强。
江北江南拓基地，乡村振兴谱华章。

鹧鸪天·知命

步韵朱敦儒《鹧鸪天·西都作》

一介书生半百郎，梦中犹忆少年狂。白天下地耕三亩，夜晚挑灯读九章。　　花落架，水流觞，心平不再羡侯王。挥毫泼墨闲情事，史记春秋伴夕阳。

◆ 范新永

新泰滨湖广场（新韵）

古杞呈新貌，祥云绕翠峦。
栈桥铺画卷，仙乐伴喷泉。
一曲渔歌晚，几声鸟鹭闲。
高台舒望眼，风好正扬帆。

清音公园

幽径听鸣禽，芳园结翠阴。
松篁无俗韵，山水有清音。
画阁吟风月，闲亭话古今。
铭文崇圣哲，玉柱立千寻。

游莲花山（新韵）

银浦绽芙蓉，清姿落九峰。

一河通上界，万树掩离宫。

罗汉石独卧，观音道自成。

涤心何处是，云外度钟声。

读《后汉书·羊续传》有感

芸窗夜读圣贤书，始信胸怀靡不初。

笑看贪官频落马，钦倾廉守久悬鱼。

清风万里拂华夏，正气一身冲太虚。

辈出良才兴大业，尧天处处绽芙蕖。

注：此作在“三圣故里·大美新泰”诗词创作征稿中获三等奖。

◆ 公茂智

回乡见闻

儿时离去老还家，岁月如霜似梦华。

近问游童谁识我，远瞧来者友持花。

喜看小麦层层浪，闲观东山冉冉霞。

村外忽传欢笑语，迎亲接客煮香茶。

人生八雅（藏头诗八首）

（一）琴·琴韵人生（新韵）

琴通四海乐从容，婉转悠扬调不同。
韵曲潇湘云缕渺，波光潋滟月辉盈。
人随律动情真切，舞伴风鸣意更浓。
生若音符常变幻，阳关三谱作和声。

（二）棋·棋布星罗（新韵）

棋盘方寸自分明，颠倒黑白怎算赢。
布阵排兵施巧计，谋局落子筑高城。
星河万象迷人眼，世道千重乱汉营。
罗列一空需谨记，纵观六路显神通。

（三）书·书香致远（新韵）

书间万表论沧桑，隶楷行云各立方。
香墨流芳歌盛世，美篇争艳颂国昌。
致游学海涯无际，勤越书山路有疆。
远古文明源九夏，新风佳韵阅千章。

（四）画·画意诗情（新韵）

画尽人间景异同，描来岁月静无声。
意通天外丹青丽，心入其中韵味浓。
诗赋高山吟秘境，色融流水绘娇容。
情深不过随风去，佳作还需盛世迎。

（五）诗·诗情画意（新韵）

诗词歌赋与时新，平仄交融喻古今。
情寄高唐吟李杜，梦牵大宋赏苏辛。
画呈明月清风卷，书诵青山绿水音。
意境幽深襟亦阔，抒怀咏物各缤纷。

（六）酒·酒香浓郁（新韵）

酒逢知己饮千杯，换盏轮流敬互催。
香气难消人半醉，良言易暖语轻微。
浓情不忘添多份，密意时来复几回。
郁馥且留三分醒，为寻佳丽早些归。

（七）花·花香四溢（新韵）

花开花谢又经年，五彩缤纷入画帘。
香榭亭前红杏俏，楼台月下紫槐甜。
四时美景轮番秀，一季风光次第妍。
溢彩流芳争斗艳，蜂飞蝶舞总缠绵。

（八）茶·茗酿飘香

茗歌婉转绕山梁，油润稍枯质地良。
酿就毛尖芽嫩绿，生成瓜片叶芬芳。
飘来雨露清心醉，饮罢观音韵味长。
香气盈盈情意雅，新朋老友品茶忙。

满江红·百年路漫漫

笑看风云，百年路、征程漫漫。惊回首、几多情切，几多心颤。二万长征多曲折，八年抗战堪悲乱。问春风、可度玉门关，云崖暖。 山河碎，苍生怨。镰锤举，旌旗遍。看今朝大地，辈贤千万。改革潮头掀巨浪，小康建设全民战。望月宫、北斗耀苍穹，皆惊赞。

注：此作在“三圣故里·大美新泰”诗词创作征稿中获三等奖。

◆ 赵仁胜

鹧鸪天·新泰美

岱岳东边好景观，三贤故里焕新颜。莲花山上观奇景，柳惠园中思圣贤。 游溶洞，越名山，青云湖水映蓝天。乾隆巡视经兹地，九顶皇山御笔传。

注：此作在“三圣故里·大美新泰”诗词创作征稿中获三等奖。

◆ 王作泰

望金斗湖（新韵）

春水荡漾，柔波万顷，怎一个“绿”字了得。

谁家碧玉山间落，飚起洪波画未平。

对镜蛾眉天亦绿，当窗设色岭逾青。

注：此作在“三圣故里·大美新泰”诗词创作征稿中获三等奖。

游清音公园（新韵）

芬菲尽落杏梅青，叶底黄鹂对向鸣。
老者垂纶杨柳秀，儿童戏耍水花惊。
半舒画卷盈盈意，曲径芳丛楚楚情。
绿野溪边一钓叟，巉岩百嶂数人行。

◆ 耿金水

回老家种小菜园（新韵）

总有乡情一线牵，母亲惦记半分田。
到家怎会闲得住，我种诗词娘种园。

注：此作在“三圣故里·大美新泰”诗词创作征稿中获三等奖。

◆ 于　静

平阳寻梦

寿比龟山客鲫流，青云日夜跪香求。
赐福常拜莲花座，爱恋思寻峙岭头。
做梦发财枕金斗，化风清影荡神州。
加油撸袖沉心干，三圣昨天竞上游。

鹧鸪天·姐姐扶贫归去兮

新泰村头辞欲行。残孤鳏寡泣嘤嘤。扯衣多次叫闺女，跟步三番送启程。　　挥兹去，太阳升。整装又去另基层。经年滚打回来后，故事新鲜更动听。

注：此作在“三圣故里·大美新泰”诗词创作征稿中获三等奖。

◆ 刘学刚

鹧鸪天·参与换届选举

村委楼头横幅悬，黎民选举大于天。但将自我抛云外，且把晨星戴帽边。　　打对号，画圆圈，把关程序几连环。张张选票民心意，选出清官百姓欢。

注：此作在“三圣故里·大美新泰”诗词创作征稿中获三等奖。

◆ 贾善勤

大美新泰（新韵）

传说神壤造青山，卧虎藏龙聚圣贤。
鲁雨齐风乡土蕴，秀峰翠岭雾岚连。
莲花胜景迷游客，汶水清流绕碧园。
放眼一川七彩画，惠风和畅满人间。

注：此作在“三圣故里·大美新泰”诗词创作征稿中获三等奖。

◆ 叶兆辉

游新泰市观摩“我看建党百年新成就”专题调研

燎原星火泛微茫，舟棹南湖著宪章。
征路艰难犹迈步，斯民贫困总牵肠。
百年党政谋全局，三圣人家向小康。
经济振兴融世贸，寰球宫仰九州强。

注：此作在“三圣故里·大美新泰”诗词创作征稿中获三等奖。

◆ 卢玉莲

登新泰莲花山

九峰环抱自成莲，紫气萦回别有天。
拥翠山巅连老树，拖蓝汶水接清泉。
尘心远俗松为格，胜迹漫题石作笺。
趺坐观音施法雨，引人来续古今缘。

水调歌头·品泰古岩茶遐思

淡霭浸帘幕，静谧漫书香。夜来斟共清友，一盏洗枯肠。好是灵芽翻卷，绝赛莲花徐绽，壶里自徜徉。浑忘俗尘事，消得旧时狂。　　喉吻润，破孤闷，醉无央。凉风习习，从呼新泰是吾乡。汲取重岩精髓，涵养全山淑气，岁岁韵悠长。伴读五千卷，笔底绘流光。

注：此作在“三圣故里·大美新泰”诗词创作征稿中获三等奖。

浪淘沙令·游新泰寺山

流水自潺潺，柏翠松湍。氤氲紫气绕层峦。人在画中人即画，绝类神仙。　　净目掬灵泉，焕映曦颜。羊蹄迹上探奇缘。缈缈音徊云际里，如缕如烟。

◆ 李曰助

游新泰莲花山

西和岱岳一丝牵，耸峙高峰状似莲。

人祖庙前看社火，汉行宫里望禅烟。

救灾菩萨山中立，济世观音宇上悬。

圣境踏游皆是佛，浑然自己也成仙。

注：此作在“三圣故里·大美新泰”诗词创作征稿中获三等奖。

◆ 薛世振

登高青云山（新韵）

独上青峰顶，金黄罩满山。

霜林妆碧水，数点打鱼船。

赞谷爱凌跳台夺冠（新韵）

高塔凌云荡雪刀，蓝天谷燕舞娇绡。

纵身一跃扬国志，落地飞花稳似雕。

秋游新甫山（新韵）

秋高气爽甫山攀，苍柏青松翠绿连。

盘路逶迤凌壁架，望台平坦半空悬。

观音有爱绽虹彩，子母无心落碧潭。

云谷寺中香袅袅，斜依栈道入重峦。

注：此作在“三圣故里·大美新泰”诗词创作征稿中获三等奖。

诗海荡平阳（新韵）

——贺新泰市获诗词之乡楚荣

松烟巧手绘祥云，万众高吟爱意真。
新甫奇峰争妙赋，滨湖叠宇引佳音。
心藏词海千年韵，梦想诗乡几百春。
濡笔平阳清澈水，精雕琢字墨成金。

致环卫工（新韵）

薄暮轻烟咏月香，马夹飘动闪金光。
不辞劳苦清污水，何惧艰辛怕垢场。
数九寒天除暴雪，三伏酷暑扫骄阳。
新城创卫获称赞，心系保洁情更长。

初夏游新泰两县（新韵）

小麦飘黄景色深，丹参片片绕东村。
松涛鸟语声声脆，岚岫山光处处新。
石径清风花烂漫，涧溪碧水气氤氲。
酒家野味带醺醉，静赏杏香一树金。

青云山颂（新韵）

青云直上露峥嵘，脚踏潋波湖水平。
峦嶂层岚遮日月，涧溪音律逸芳风。
山藏寺庙有灵岫，鸟隐翠声拂碧宫。
先客镌文仁义礼，今人唱和续诗铭。

游泰山玉泉寺（新韵）

溪水弹琴把客迎，翠林天籁鸟和声。
静听幽壑抒胸臆，坐看楼阁念诵经。
僧侣佛堂摇手磬，铜铃殿角响暄风。
香茶侑酒阖家乐，泉寺尧尧永鼓鸣。

春夜色平阳河

日暮清风柳絮飘，平阳夜色荡春潮。
花坛初艳透新月，灯火生辉映彩桥。
西岸霓虹宾客醉，东堤裙舞瑟声娇。
游人信步凭栏影，如画山河胜碧霄。

寺山庙会（新韵）

寺山庙会人如海，喜庆重阳戏满台。
预祝寿星君百岁，乐祈柳毅墨千开。
石榴板栗笑苹果，栀子丹参闹薤白。
菊酒核桃凭意购，秋衣冬布任心裁。
佛堂香火盼兴旺，雨顺风调定自来。

孟秋·清音写生（新韵）

晨霭盈园百鸟鸣，登峰览胜立华亭。
泉流西苑荷仍翠，莲枕东湖蕊尚红。
得露竹墙隐芳草，干云金柱展图腾。
灵渠瀑布赏行水，碧坝池台坐钓翁。
骚客寻花呈兴致，疏狂泼墨绘丹青。

新泰滨湖新区变迁记（新韵）

昔日秃丘薄岭岗，尘沙雾瘴任疯狂。

荆棘遍野少林翠，飞鸟无巢尽草荒。

政策惠民情意展，叠楼拔地彩云藏。

奇石傍道秀姿态，丛柳飘丝舞碧塘。

山色湖光夺墨画，空中莺燕伴声翔。

谁人敢议清风价，瑞气盈天奔小康。

注：谁人句，引用宋·韩琦《北塘避暑》诗句。

◆ 鲁海信

礼赞新泰三圣

阳春白雪出师旷，礼学高堂古雅生。

信义至诚和圣柳，坐怀不乱美名赢。

新泰古韵

文脉平阳青史耀，碧流柴汶泽山川。

禅梁封泰地神峻，尚德怀柔羊祜贤。

逸韵真经传美誉，隐仙金阙荡蓝天。

千秋古邑梵音妙，人杰地灵新甫妍。

注：平阳、新甫皆新泰别称。

◆ 于明华

大美新泰

山奇秀若似莲花，登上巅峰揽彩霞。
满目翠微皆有韵，舒情爽逸漫无涯。
莺啼汶水游人惬，雨落禾田润物华。
今日平阳多富美，丰盈遍见小康家。

◆ 于志超

新泰情怀

穿城汶水润如苏，绝妙莲花旷世殊。
三圣文光荣故土，百强名市展新图。
诚邀蟾月溶金盏，暗许冰心满玉壶。
品味皆崇羊太守，门庭醒目见悬枯。

注：羊太守，羊续。悬枯，意同悬鱼。

◆ 张新荣

过新泰青云湖（新韵）

青云秀甲景无双，三面山峦化绿装。
大坝横空成锁钥，平湖映月尽风光。
四围矿藏开繁庶，万辆煤车向富康。
泰岳连绵皆宝地，岭含金脉土含香。

◆ 郭小鹏

新泰新八景（新韵）

祥光普照景怡人，古井新梅不染尘。
林野竹溪隐佳境，公园水韵蕴清音。
青云湖里波澄碧，西柳村中俗化淳。
佛坐莲台施善果，蓬莱龙女有遗馨。

◆ 马明德

英勇不屈六巾帼（通韵）

面对群魔志愈坚，活埋威吓稳如磐。
娃儿迷眼衣襟盖，报效祖国惊昊天。

礼赞新泰毛泽东文献博物馆并寄柏钦水先生

执著收藏六秩年，巍巍广厦载珍编。
古今中外时期久，书籍图章种类全。
不辍坚持赖情结，守恒奉献靠津钱。
江山社稷葆牢固，赤子之心为意绵。

注：纪念馆收藏各类毛泽东著作7000多种30多万册，被上海大世界吉尼斯总部认为“收藏毛泽东著作版本最多的人”。

◆ 聂振山

游新泰莲花山

久闻冠绝态神奇，徐步登临只觉迟。

四面云飘如纸剪，九峰环抱向莲移。

清分浓淡数层馥，秀出绿红千古旗。

寻遍莲花无半影，原来藏在帝王诗。

注：汉武、乾隆等历代许多帝王游此留下大量精美诗句。

◆ 孙思华

再访新泰

君问何曾到新泰，纳云吐焰向天外。

九轴画卷展风流，八面诗墙颂时代。

放眼莲花水舞姿，开樽柴汶河披彩。

为啥祖辈远平阳？来世投胎不错爱！

◆ 张立芳

新泰农家雅趣

喧嚣之外有人家，晨起浇园晚摘瓜。

忙里得闲沽小酒，醉中不忘逗娇娃。

三餐绿色神仙慕，多少房奴暖眼加。

网络殷勤当月老，联姻都要娶村丫。

临江仙·新泰印象

悦鸟声声飘出画，高楼笼上朝晖。花儿脉脉柳依依。有风轻一拂，无意暗香迷。　　春色自当关不住，犹携经济腾飞。工商电子带神医。但凭科技翼，放梦与云齐。

◆ 张　鹏

游莲花山景区

群峰崒嵂似莲花，立处遥看揽彩霞。
漱石泉流依古寺，含烟林木焕春华。
鸟鸣上下迎游客，笑语高低接水涯。
如此风光如此景，诗情画意自堪夸。

◆ 张孝华

访新泰山乡

山村仙境地，溪淌野花香。
鸟戏果园里，车停楼院旁。
招商新产业，待客旧情肠。
今日农家乐，翁婆舞丈量。

◆ 张冠军

游新泰青云湖（二首）

（一）

岚隐群山淡到无，四围红绿染平湖。
我来小酌轻舟上，一缕诗情入画图。

（二）

远近山峦绿色涂，游人荡桨满云湖。
清风约我堤旁坐，边钓闲情又钓娱。

◆ 马庆生

新泰印象

三圣相知更足夸，今朝乘兴乐无涯。
春风得意车行疾，一日瞧全景里花。

浣溪沙·大美莲花山

何处山光泻曙霞，九峰环抱一莲花，圣光雪彩渺无涯。　香火禅音浮绿水，磬声潭影入金笳，一襟诗兴寄高华。

◆ 王宝俊

新泰印象（新韵）

晨曦拂水紫云烟，霞照峰峦墨画篇。
三圣英才贤义者，和谐礼乐四方安。

◆ 国洪升

新泰礼赞（通韵）

莲花山顶望城乡，虎跃龙腾创业忙。
载誉百强豪气盛，鸿猷绚丽耀福光。

◆ 刘灿胜

赞新泰城区新貌（新韵）

大道宽心花悦目，高楼接日水清清。

新归燕子碧云上，呖呖声声赞创城。

瞻仰新泰市革命烈士陵园（新韵）

西风吹叶落黄昏，松柏凄凄鸟静音。

多少英雄流热血，至今碑上有恒温。

◆ 王永寅

龙廷掌平洼

勤劳致富一枝花，野菜山鸡美食夸。

饮水思源旋转井，初心不忘掌平洼。

游新泰寺山随感

葱葱翠柏映金光，绿水青山玉女藏。

更有天成奇硕寿，传书柳毅爱情长。

◆ 吴建伟

新泰滨湖新区赞（通韵）

青云山顶瞰丛楼，美景星罗不胜收。

许是新区生引力，潮汐竟涌我心头。

秋登青云山（通韵）

问路青云攀险道，斜依古木笑西风。
揽波亭上悠然坐，碧水丛山一目清。

平阳河夜色（新韵）

月色涓涓漾小船，倚栏把酒赏微澜。
千年故事千年曲，桥作琴弦细细弹。

夕登青云山感怀（新韵）

周末郊游白日曛，清风扶我上青云。
敞怀尽揽千年画，侧耳欣听三圣音。
乐见故乡追墨梦，喜观美景醉诗心。
如今巧借东君力，新泰民生处处春。

定风波·祭龙溪庄遭遇战烈士墓（新韵）

祭拜英魂问去从，龙庭烈士墓园中。名字行行铭眼底，当记。彼时热血正年轻。　　试看百年崛起路，谁筑。中华儿女血铺平。尤忆龙溪河岸上，悲壮。至今回荡有余声。

蝶恋花·游清音公园荷塘

玉白粉红开几许，别样温柔，香满横塘路。雨过天晴娇半吐，凌波一任风云妒。　　四顾何来歌楚楚，倩影花光，细觅还相误。本欲一倾心上语，小舟却入荷深处。

鹧鸪天·初秋游岙山（通韵）

周末欣登古岙山，秋来依旧翠连天。一群游客融斜照，几处农家起暮烟。　　风阵阵，笑翩翩。枝头知了叫尤欢。凌巅放眼新区望，总有心情写不完。

◆ 杨先进

建党百年颂

百年奋斗岁峥嵘，万里硝烟换太平。

锦绣山川新泰美，同心逐梦启航程。

◆ 蔡浩彬

沁园春·新泰印象

齐鲁传奇，客履纷繁，悦事最宜。记莲峰拥翠，山间木秀；石莱泛绿，岸上莺啼。铁路飞云，果蔬扬誉，儿女英豪志不移。凭栏望，是一城鸿业，壮我襟期。　　百年新泰如诗，恰川岳崚嶒健笔驰。有筑巢引凤，营商胜境；扶贫助力，圆梦雄词。生态优先，人文荟蔚，新汶潮来济盛时。情慷慨，看灯红古邑，辉焕妍姿。

◆ 罗　伟

踏莎行·新泰新农村

卖笋人家，种菇棚户，盈盈笑语春风路。篱笆不见见楼台，小康直似桃源住。　　绿水依然，青山无数，相逢总在莺声处。笑同翁媪话桑麻，丰收更看明年富。

◆ 马建军

浣溪沙·三圣故里·大美新泰

汉武寻仙新甫游。阳春白雪木兰舟。好仁炳烛圣贤修。　　守志盗泉名万古，坐怀明礼德千秋。平阳娇女弄春柔。

◆ 王纪强

浣溪沙·酒台村行吟

老屋石磨旧院门，小桥流水俗音醇。一杯老酒可消魂。　　茄子黄瓜开口蕾，鱼鳅瓠子上墙裙。梦中依旧笑言频。

鹧鸪天·掌平洼村礼赞（新韵）

燕瘦环肥百卉繁，人镶景里雨如帘。千年唐韵卓殊美，万载诗经格外甜。　　风似雪，雨如磬。尽观杏树耀江南。万般皆是春光好，当下生活比蜜甜。

◆ 张秀娟

满庭芳·大美新泰

万亩团花，千畦翠玉，绿云织就霓裳。柴城形胜，十里竞争芳。几度迎风搏浪，换来这、幸福时光。暖风起，蔬园郁郁，古邑焕新妆。　　看民勤地沃，兴农到户，好日生香。酿春潮，轻吟致富诗行。满目烟岚如画，描红了、玉带幽廊。谁擎笔，裁霞铸梦，绘就满庭芳！

◆曹　晗

新泰颂

贺新泰荣获《中华诗词之乡》

平阳百里透书香，卧虎藏龙美誉扬。
诗韵词风肥沃地，文人墨客润华章。

岱宗赋（新韵）

岱宗夫屹在，几度笑春风。
五帝三皇愿，八方四海情。
秦碑争岁月，汉柏竞余生。
古道犹辛苦，盘阶客簇登。

望城（新韵）

国盛山河壮，城春草木新。
平阳拔广厦，汶水布园林。
京沪达天下，环球比近亲。
居家淘世界，微信不出门。

敬范诗银会长讲座（新韵）

敬邀千里不嫌忙，范老青云授课堂。
诗颂平阳优宝地，银装新泰好家乡。
会心细语传经验，长智多学布道场。
讲古叙今文墨客，座谈趣味意深长。

春游新甫山（新韵）

正值新甫艳阳天，春暖花开紫玉兰，
淑态幽姿夹路径，欢歌笑语过林间，
宁神养气清心肺，驱疫除魔净世寰，
朝圣观音行善事，菩提大道聚佛缘，

蝶恋花·清音公园小寒寄语（新韵）

漫步清音曲径绕。冷雨参池，鸭醒嘎嘎叫。一缕梅香侵小道。丛林几处花枝俏。　　自我感觉人未老。挺腿直腰，尽力而为好。预报明晨飞雪到。出门勿忘加棉袄。

江城子·共东风（新韵）

匆匆往事不轻松。未消停。事无成。而立之时，得意弄春风。欲抱雄心酬壮志，情未了，恨难平。　　五十三岁算一程。再出征。竟余生。谋事在心，天命自知行。我备草船巡借箭，谁领略，共东风。

江城子·年夜叙（新韵）

阖家欢聚入屠苏。老祈福。少提壶。春晚正浓，再饮两杯无。只待晨钟辞旧岁，迎子鼠，送香猪。　　惊闻冠状病毒出。事因殊。莫疏忽。万众一心，湖北不孤独。众志成城偕武汉，凝聚力，必根除。

满江红·钟南山（通韵）

遥望江城，千湖岛、山河壮丽。曾记否、鄂王忠武，报国心系。黄鹤楼前聊怅叹，蓬壶殿里空悲泣。现如今、荆楚战邪魔，谁出骑。　　乘万里，心不已。驱老骥，身亲历。看中华儿女，请缨鞠誓。万众一心决命运，同舟共济除妖疫。待归来、再续汉阳游，皆欣喜。

沁园春·战疫情（新韵）

荆楚之洲，汉水千湖，黄鹤楼空。启一级响应，关门闭户，百毒侵染，避害防凶。速请雷公，火神助力，誓不根除不撤兵。新年也，苦乡亲父老，暂顿家中。　　家国护佑江城。引华夏儿孙皆请缨。叹白衣卫士，临危不惧，杏林击手，钟老亲征。风雨同舟，披星戴月，众志成城战疫情。须明日，看中华大地，一向繁荣。

◆ 刘长军

英雄谱（组诗）

岳飞

岂任故园残，挥戈指贺兰。
丹心匡社稷，铁骨护临安。
怎奈风波骤，无言帝阙寒。
如今思武穆，大义泣凭栏。

苏武

铮铮荒漠矗，饮雪就毛毡。
使命关山邈，初心劲草坚。
留胡休侮辱，落难不求怜。
十九春秋度，忠贞万代传。

玄奘

凌风沐雨谒禅都，漫漫西行岁月孤。
道骨岩岩求至理，僧心切切悟浮屠。
崇山难阻灵台志，瀚海精磨智慧珠。
阅尽沧桑人未老，方迎济世大乘殊。

郑和

海上丝绸三宝路，辉煌七次下西洋。
龙幡猎猎东风舞，巨舰森森鼓号扬。
浩浩江河连异域，泱泱赤县纵蛮荒。
航程万里家邦在，郑氏英名日月长。

山河颂（组诗）

黄河

紫气凝珠源雪域，盘旋九转出高峰。
奔腾万里中华色，舞动千年赤县龙。
秉性难移风骨劲，初心不改品行恭。
滔滔巨浪袭沧海，叱咤云天社稷雍。

泰山

岩岩岱岳矗云烟，猎猎松涛涌万年。
造化神奇惊子美，仙工隽秀羡青莲。
登高尽目观沧海，至顶舒怀揽绿川。
畅想悠悠封禅事，当今更喜太平天。

长江

洪荒寂寂千年逝，滚滚长江万古流。
项羽高歌争霸业，诗仙纵酒胜名欧。
应知武相风华劲，莫道周瑜气量悠。
岁月萧萧皆远去，唯聆白浪赋春秋。

长城

万里逶迤几处关，千年叱咤御酋顽。
凉风冷雨边陲月，铁马金戈大漠寰。
壮士饥餐胡肉虏，将军笑对遗尸还。
唐宫宋阙成沙砾，却耸长城旷古艰。

春游墨石山（古风）

春来看翠墨石山，桃蕾杏花曳湖边。
更奇嶙峋怪石阵，龙腾虎跃上云烟。
恍闻梵乐萦耳畔，因有弥勒隐其间。
千载禅修不寂寞，一砚浓墨续经言。

春上雁岭关（古风）

春分时节上雁岭，荒蒿摇曳绿微茸。
遥望齐鲁分界处，侧耳犹闻雁鸣声。
涧湍峰险壁千仞，刀光戟影伴寒星。
千年关隘成遗梦，古道依然风雨中。

◆ 刘建峰

三圣颂（二首）

（一）

柳下沐和风，高堂启混蒙。
师琴通吕律，领秀五洲同。

（二）

和风柳下祥，礼拜敬高堂。
乐雅阳春韵，声名万世扬。

春雨感怀

细雨杏花扬，长亭影自伤。
擎杯人已醉，寄语泪沾裳。

游观音阁

春游入梵林，处处蕴清音。
但忘红尘事，闲云野鹤心。

◆ 赵仁昌

寺山览胜（新韵）

山势无高峻，玲珑远古含。
柏林叠翠幕，幽处蕴金仙。
石有羊蹄迹，庙藏龙女泉。
真情牵柳毅，相爱在人间！

◆ 陈红芳

赏　秋

轩棂染曙光，篱下照孤芳。
早露朝朝秀，寒蝉夜夜忙。
闲听风拨曲，浅饮月梳妆。
常忆童年事，约君肥蟹尝。

赞驱魔天使

猝降瘟灾落楚城，腥风血雨九州惊。
双眸满溢辛酸泪，两耳充盈痛苦声。
天使持刀裁秀发，雄兵挥手化长缨。
齐心勠力除魔瘴，誓为乾坤铸太平。

蝶恋花·建党百年颂

雾蔽云遮天地幌。将士挥戈，浴血除魔瘴。弹雨枪林酬理想。光辉先烈威名广。　　华夏腾飞民气旺。锦绣山河，起舞高声唱。礼敬丰碑心向党。百年华诞春秋赏。

诉衷情·花开疫散

东风轻拂柳河塘，娇梅试绿装。鹅戏水，鸭匆忙。烟雨洗清霜。　　疫散炫歌扬，震东方。同心共筑梦圆祥，盼春长。

［中吕·红绣鞋］春漫

豆蔻梢头色浅，万家杨柳青烟，东风吹荡、戏双鸳。寻春诗意远，颦笑黛眉牵。试新装，云鬓卷。

［双调·驻马听］冬吟

暮色黄昏，瀑后山前飞鸟闻，残红飘尽，淡烟衰草锁孤村。雪飞丝絮洒凡尘，梅开琼蕊传芳信。花气氲，怎知纤影寒窗印。

◆ 李长枝

春日漫兴

桃花见人笑，雨后鸟争鸣。
天朗远山近，风和碧浪平。
暮年逢盛世，白发唱豪情。
不坠青云志，与春同步行。

墨石山（新韵）

墨石山奇特，源于造化功。
神情皆宁静，姿态亦从容。
孤挺峭然立，幽怀暗自雄。
虽曰名胜少，大气映遗风。

新泰新风采

上下齐心新貌创，熙熙攘攘不沾尘。
街如明镜花添彩，月隐香云瀑洒银。
款款絮飘一片雪，亭亭玉立满怀春。
卫生城市非虚誉，出水芙蓉胜洛神。

咏徐家拳

中华武术独门拳，源远流长十代传。
南北兼融纳精髓，子孙承继创新篇。
莲花山下功夫绝，汶水河边套路鲜。
强体健身桃李众，满园春色报尧天。

◆ 殷培武

青云湖七夕夜

虹临一水渡牛女，锦帐八帆扬俊风。
玉镜波平天上月，瑶池七夕落湖中。

百年颂

百年风雨铸辉煌，曲折安危斗志昂。
领袖英明毛主席，高瞻远瞩党风扬。

◆ 郭兴明

新泰赞

伟业宏图自不同，一城崛峙泰山东。
有荣三圣人文秀，无愧百强功绩隆。
地据青云多壮志，名归柳下满和风。
征程未歇晨光好，乐在闻鸡起舞中。

贺新泰荣登中国最美县城

喜闻金榜首提名，无愧桂冠褒奖声。

新甫山川多秀丽，平阳府第满辉荣。

一城创美终酬志，万众输诚定见赢。

风雨行程当再厉，光阴寸寸夕朝争。

◆ 张乐成

青云之春（三首）

（一）

波光万顷画船行，岸柳婆娑百鸟鸣。

兀立青云山色秀，耳闻目染动诗情。

（二）

清溪如诉柳如烟，新燕欢歌丽日天。

湖畔谁家红衣女，野花撷罢戏秋千。

（三）

双双紫燕戏平湖，鱼跃青波一棹孤。

丽日初晴风拂柳，新荷承露滚珍珠。

逸　致

山僻人敦厚，相安更自勤。

卧舟观野鹤，枕石望闲云。

鸟语惊春梦，花开织锦文。

轻风明月伴，翰墨素清芬。

青玉案·青云之春

轻阴绿染滨湖路，些柳絮，悠悠去。万紫千红蜂蝶舞，入山庄院，出清音户，尽在春深处。　　轻舟戏水惊鸥鹭，老笔新词少佳句。借问春风能几许？遍山青翠，满湖涟缕，新燕穿红雨。

◆ 王玉龙

新泰礼赞

万家灯火旺，百姓笑迎春。
故里风光好，鸡年气象淳。
龙飞共圆梦，凤舞再提神。
捷报传天下，向荣新泰人。

◆ 张乐祥

新甫颂

脉脉汶河万载流，龙池逆起古源头。
瞧蓝不尽烟如带，拥翠无涯景更柔。
雅兴对棋飘逸乐，闲情把酒自然悠。
休言海外风光好，怎及竹溪梁父秋。

◆ 时　博

初夏清音公园（二首）

（一）

竹韵清音菡萏香，百花深处乐园藏。
蝉鸣鸟语青蛙咏，月动芳心燕子忙。

（二）

又是一年初夏至，碧波荡漾醉红尘。
清音更比笙箫脆，羡煞桃园避乱人。

四季光明湖（组诗）

春之情

蝶飞草长树芽新，烟絮随风舞美轮。
喜看光明湖畔柳，细丝缕缕唤游人。

夏之恋（新韵）

声声知了叫，蚂蚱舞翩跹。
岸上繁花盛，池中锦鲤闲。
法云棠棣绿，玄月景光蓝。
游客归程误，踟蹰胜境间。

秋之韵（新韵）

飘零黄叶舞秋风，刘杜棣棠格外红。
寿客含羞仙客秀，青蛙鼓噪怒蛙鸣。
寺山不见羊蹄印，柳毅焉知鹤梦情。
云卷云舒荣辱忘，汉唐老酒月明中。

冬之舞（新韵）

晶莹透亮六飞星，荡荡悠悠没入冰。
院内霜丝垂柳客，门前瑞兽皓头翁。
长渠逶迤飘银练，湖面澄华卧玉屏。
雪霁初晴极目望，大桥跨库雾朦胧。

锦缠道·墨石山

鬼斧神工，造就世间仙境。睹山峦、奇峰苍劲，龙盘虎踞骊驰骋。姹紫嫣红，蝶舞蜂吟咏。　　叹王阳位高，少翁相庆。赞斯山、听天安命，近钜公、不凤附龙攀。浩然之气，冷看乌龙猛。

浪淘沙令·雨中遐思

连日跳珠喧，公路行船。平阳河里浪花翻。万马奔腾飞泄下，一片云烟。　　遥望雨中山，思绪联翩。桃花源里梦难圆。魏晋风流今去矣，使命如天。

江城子·捕鱼

短衣徒跣立渔船，手扶杆，背微弯，双腿交叉，两眼望深渊。围绕网箱边际转，敲舭部，赶鱼焉。　　银鱼俊俏草鱼鲜，送庖间，做甘餐，老酒一壶，唐汉月无言。敢问伊人何处去，妆故我，爱依然？

长相思·七夕

思悠悠，念悠悠。秋上心间便是愁，梨花雪染头。　　鹊啾啾，雨啾啾。水目相依清泪流，叹伤风雨稠。

汉宫春·汶河

漫漫黄沙，老树遮掩下，几座坟茔。阴风横扫败叶，西应东鸣。汤汤汶水，是何故、西向畸行？端的是、不同凡响，长驱直入东平。　　常记鱼翔浅底，蛞斗摇水烛，蟹将虾兵。元宵蒸灯炒面，煮茗鬺烹。风光不再，眼见得、鼠粪污羹。徒可叹、川流古道，已无昔日云英。

◆ 张锡国

徂徕山

杞都西望汶河边，突兀嵯峨横贯天。
险峭叠峦松柏茂，幽深曲壑果花鲜。
晴时归鸟林中唱，雨后流泉石上喧。
多少名贤临美境，竹溪有幸隐诗仙。

◆ 卢立印

烟村四五家

烟村四五家，篱外遍桑麻。
绕舍溪流水，摇风树落花。
林青生有致，苗绿望无涯。
大野岚光美，清幽意可嘉。

秋气日夕佳（新韵）

秋气暮夕佳，驱车访店家。
炊烟蒙落日，树杪乱寒鸦。
远野飘岚霭，黄牛送晚霞。
风轻云蘸水，墨画景中嘉。

新城远眺（新韵）

夕照敖山汶洞天，新城妙在水云间。
崇楼接雾吁奇景，广厦齐峦叹大观。
玉树遮荫清可醉，琼花覆地秀堪餐。
桃源世外蓬莱梦，燕舞莺歌处处欢。

青云览胜（新韵）

汶水长天秀景丰，龟阴落照起霞虹。
具敖东架青云聚，新甫北擎紫气通。
披绿三峰皇禅地，拖蓝一水汶浮空。
名门艳羡君王幸，自古平阳备受崇。

◆ 赵德芹

莲花山荷塘（通韵）

湖光映岭峦，荷艳荡清涟。
何处迷吾叟？琴音伴柳仙。

新泰平阳柳岸情

柳岸晓风侵，林间透婉音。
问今何事叹，情绕故乡心。

新泰平阳春色

伫立桥头满眼新，柳枝倒影乐佳人。
微风拂面春光媚，诗涌清心绿意茵。

新泰清音寻梅

逢春姐妹清音觅，傲骨金梅醉客魂。
拍摄满园还恋恋，岸边红朵蕊香温。

新泰平阳河岸菊桃（通韵）

菊桃脉脉咏春功，点缀平阳岸畔红。
最是一年佳丽景，婆娑摇曳自殊荣。

战马奔腾

战马奔腾声贯耳，硝烟萦荡气回肠。
传神历目全浮现，源自琴弦奏乐章。

新泰掌平洼

乐行三月掌平洼，杏蕊芬芳万顷家。
山谷蜂飞携蝶舞，梯田燕语伴云喳。
澄梅圆润赢龙井，硕果丰盈醉彩霞。
林麓品高人接踵，风光独秀赞成花。

新泰陈角峪

石砖垒砌墙纹见，街洁道清窗口光。
老妇门前编竹篾，笠翁树下话家常。
花生成垛筑台晒，吾辈勤人顾眷忙。
魅力民房频拍照，新区风味瀼泉乡。

◆ 李光磊

参加第三届全国香椿论坛有感（新韵）

五月平阳丽景新，晴光瑞气满乾坤。

欣逢盛世谋福祉，共探真知惠企民。

三届椿坛开万象，九州俊士议千巡。

结缘喜盼云帆起，各展宏图奏贺音。

◆ 张仁诚

赠新泰诗词学会

青阳新甫古风开，宋柏唐松韵又来。

云集人才启麾下，百花争艳赛同台。

楼德云云山行（新韵）

九顶簇云巅，双溪绕日边。

昔时封祀地，韶岁旅游天。

古道侵风雨，幽居漫柳烟。

平生寻胜处，快意过耆年。

新泰赞歌

粮田林海望无垠，古邑平阳日月新。

四季分明风物阜，一城意蕴誉闻臻。

宫山涌翠生波色，汶水拖蓝浸赤轮。

寻梦桃花源里客，何如来做鲁中人。

赠桑梓力里村

菟丝缠豆掩貂裘，力里徂阳一日游。

送子石桥抗倭寇，接兵沙坝赛篮球。

荷香绕柳寨墙没，衢阔通车人物流。

继往开来创新业，古村致富领军优。

虞美人·新甫山

黄花漫染游人醉，旭日明秋水。野凫征雁影难挥，山色湖光流转、几轮回。　　楼台殿宇迎伊始，意蕴金风里。翠林奇石景翻飞，瀑布危崖轰响、似惊雷。

疏影·柴汶河今昔

滔滔汶泄，望际涯浩渺，波浪飞雪。两岸蘅皋，林木葱茏，鹈鹕鹳鹤鸣舌。鸳鸯密语游荷底，且莫与，浣纱人说。欲渡河，嫁娶新娘，瓮载三人泅捋。　　回首当年景去，剩戈壁黑渍，干涸炎热。土脸顽童，杂耍河床，吃水全凭肩拮。新娘嫁娶沙床过，不必瓮，狼烟淹没。备旱桥，天雨行人，不见水中明月。

水调歌头·鲁中原五十年前后对比

镜明映梁祝，荷舞戏鲢鱼。瓮中汶水人渡，天湛白云舒。猬兔獾猹奔突，鸽雀芳庭信步，莲舫苇间徂。鸠鹞古槐闹，万类竞欢愉。　　汶水涸，风沙动，旱田枯。陌阡不见荫影，虫鸟叹穷途。天有祥云不降，地长黄苗难壮，鲁众叹当初。岱母应无恙，生态可平乎？

◆ 王明亮

咏挑山工

岱宗盘道逐云丛，负重前行向碧空。

踏破风霜挑日月，九天之上敢争雄。

端午祭（新韵）

屈子投江爱楚深，曹娥至孝感黎民。

申胥怨愤终何处，一酹汪波祭烈君。

致母亲（新韵）

馨香萱草绿盈门，游客天涯感母恩。

十月怀胎不辞苦，一朝分娩痛临盆。

生儿育女甘输爱，教子成人愿付辛。

奉献春晖昭大地，寸心难报泪沾巾。

◆ 牛恒昌

平阳河春色（四首）

（一）（新韵）

晚来信步过长桥，柳下石阶坐寂寥。

两岸灯光明似昼，依稀春色上枝条。

（二）更迭

又来水畔立长桥，往事依稀旧梦遥。

人世改更多少遍，春河如故柳千条。

（三）（新韵）

半世操劳梦未真，独拂衰鬓叹光阴。

人生长恨不如柳，一度春风一度新。

（四）（新韵）

斜阳长椅且息身，看取眼前风物新。

如火桃花如玉柳，沿河占尽半城春。

清音公园书画院（三首）

（一）（新韵）

烟雨霏霏此日晴，清音书院话闲情。

香飘水榭茶刚好，阳照荷塘蕊正红。

画笔欲和天斗巧，古筝自与鸟齐鸣。

市区雅舍慵归去，愿坐凉荫待月明。

（二）（新韵）

欲知画院晚来娇，一路寻香到木桥。

灯照荷塘花万朵，风拂曲岸柳千条。

暮烟袅袅蝉长叫，夜色茫茫墨暗飘。

终是冷云遮碧汉，无缘月景憾难消。

（三）（新韵）

又来书院水云间，菡萏香消绿叶残。

几缕晚风拂翠柳，一轮斜日照晴湾。

琴音飘荡秋波冷，树影斑驳暮气寒。

知晓冬天尤悄怆，回栏曲岸久盘桓。

春游太平山（新韵）

太平山色早知名，今日攀登意纵横。
地借峦形开画卷，天持妙笔点青红。
苍松有致擎华盖，荒径无端锁野藤。
满眼风光看不够，几回回首误归程。

十八盘（通韵）

云嶂谁劈一缝开？石梯高架上瑶台。
天门青雾随风至，绝壁苍松入眼来。
壮士每登愁脚软，清猿欲度叹筋衰。
人工造化皆着力，铸就泰山标志牌。

◆ 雪　莲

端午思（新韵）

艾草染熏端午天，忧思楚事忆前贤。
汨罗江水虽清澈，难洗屈君千载冤。

◆ 王公禧

京城四月（新韵）

京城四月落绯红，万里晴空起大鹏。
天地莫轻年少志，一朝凤翥震苍穹。

忆古空梦（新韵）

凭窗远望醉笙箫，玉阙楼台见雪飘。
琴瑟为谁招夜雨，琵琶恰可送今朝。
娉婷长袖浓妆作，君子华冠羽扇摇。
绕岸白杨曾看淡，山间流水月轮高。

◆ 刘　涛

海棠（三首）

（一）

一抹落红芳馥尽，万般仙韵惹人怜。
有朝迎得东风使，不负春光舞殿前。

（二）

重重新绿绕枝荣，点点绯红听雨声。
桃李迎风争和闹，独钟名友满余情。

（三）

杏花罢去蕊桃开，四月海棠游客来。
满院尽收春色景，闻歌弄舞任诗裁。

◆ 赵衍红

琴棋书画（四首）

琴

声琴音缭绕，绿绮满听云。
一指高山曲，霓裳古韵闻。

棋

黑白输赢先占角，平三上字半边垂。

临虚纵横参差斗，背局弹棋落子危。

书

观书挥写意，数轴自相宜。

旧简抚尘帖，兰亭洗墨师。

颜欧张赵孟，隶篆草楷期。

漾漾狼毫笔，溶溶绘画痴。

画

岭树高山苍隐阁，霜林似雾气清明。

泉兴点翠苔衣破，笔墨挥毫意自倾。

几兆虬龙依绝壁，群飞鹳鹤唳秋声。

应知野客无心处，目落斜阳远见城。

泰　山

万古齐州烟九点，五更探海日三竿。

登临岱岳平生傲，翠染山林暗觉寒。

玉殿瑶池来紫气，天街御道车马鞍。

祥云缭绕霞光碧，毓琇钟灵盛世欢。

黄　河

黄河奔涌浪淘沙，涛起风高自望涯。

万丈狂澜平地起，千溪齐汇大东斜。

飞泥越过青甘段，裹电咆哮壶口鲨。

斩破龙门声震鼓，太行莽莽卧光霞。

长城（古风）

长城万里先秦筑，孟女荒营野草秋。
北里南邻遗骨逐，唐王万仞折平侯。
分明荡气回肠曲，似说云寒苦不休。
晋汉青冢何所以，汾河意气送吴舟。

长江（古风）

万里长江起玉仑，千年颂尽显英魂。
风高浪急悲秋客，落木无边杜甫言。
浊酒停杯推望远，登台苦恨自将吞。
烟云多少兴亡事，纵使宏图寄故园。

◆ 牛其涛

喜见市府东墙迎春花开

疑是贤仁筑此墙，年年春至送芬芳。
无心引得行人醉，但驻凡间一片香。

又过市府东墙

深秋季节过东墙，不见残枝只闻香。
原是一丛甜菜子，樱桃红乳叶中藏。

雨中游金斗山（新韵）

野花鲜艳草香浓，曲径通幽细雨濛。
更有山桃能代饭，脱俗一日半仙成。

清音赏梅

横枝疏影探春来，点点金星一夜开。

前度牛郎空有憾，今朝醉倒赏花台。

青云路赏月季

姹紫嫣红月季开，观花赏景久徘徊。

蜂飞蝶舞双英会，引得诗仙下界来。

咏合欢花

暮合朝欢幸福牵，吉祥妙语有婵娟。

三春已逝花红少，我自妖娆向碧天。

◆ 孙家智

家乡（新韵）

青云湖水泛波光，日照高楼望远方。

一架飞桥接对岸，轻车驶过到家乡。

老家（新韵）

徂徕山下好风光，天宝樱桃美誉杨。

只要你来都是客，八肴两酒热心肠。

◆ 窦建岐

端午（新韵）

飘来艾叶香，想起庶农忙。

闹市无春夏，佳节念故乡。

寒衣节

十月风霜百草伤，寒衣未送意茫茫。
少年励志闯天下，花甲梦中思故乡。

寒冬室内如春（新韵）

春光随愿降台前，茗雾氤氲案几间。
大地冰封苗麦绿，暮年回首念田园。

秋雨后游大明湖（新韵）

雨后明湖整扮新，柳呈墨绿蕾镶金。
彩船轻快藕间过，游客眉梢露悦欣。

平阳河白鹭

河道清新绿柳装，翩翩白鹭戏平阳。
小城秀丽人人爱，游子梦中思故乡。

◆ 刘美荣

百合花

凡尘浅笑淡妆容，秀色芬芳透碧彤。
一束馨香虽短暂，百年比翼与情浓。

月满西楼情更浓（新韵）

万户灯光照夜空，月升楼顶意尤浓。
此时霄宇如今境，故里乡情惹客恭。

咏　春

青帝乘风下九垓，甘霖润物锦田埃。
夭桃朵朵香魂绕，杨柳丝丝燕尾裁。
百转千回花影闪，双飞一幕鸟声来。
游人畅爽驰仙境，入画浓情醉眼开。

泰山仙人桥

双峰石垒一桥险，绝景浑然悚作牵。
逸兴千山斟侠客，倾怀异境酌诗仙。
时惊白鹤盘旋过，触及青鸾倘近翩。
亦许灵根元始启，推屏探迹可成全。

追寻梦想的姐妹花

平平仄仄慰年华，醉舞春风乐日斜。
莫负青山曾一诺，相期宝地又多夸。
挥毫故里耕诗墨。落笔新城织锦霞
姐妹追寻求学梦。牵情拾韵注奇葩。

修马扎子的老人

沧桑岁月数春巡，快乐逍遥老实人。
一样光荣勤与世，平生慷慨助临民。
凤台易醉孤单影，马扎能开百里尘。
四季坚持岗位在，乡邻赞美艺随身。

二胡情缘

优雅二胡慕魄川，迷人曲艺醉心田。
鸣琴入定听新咏，荡气回肠绕梦牵。
世态炎凉皆看破，平生冷暖可弹全？
谁知妙韵融朱墨，待向书乡问夙缘。

◆ 田洪轩

春　景

远岫荒犹在，近坡花树开。
千丝红雨舞，十里暗香来。

北京冬奥会

冬奥逢春迎盛会，凌花之约续华章。
盈盈圣火珠峰递，猎猎旌旗雪谷扬。
丝带红人真浪漫，晶梅白玉有沉香。
安全简雅更精彩，大国担当一起翔。

秋景入画

金秋万物裹霜纱，日照明莹润桂葩。
处处冷风吹树瘦，山山红叶透晶华。
芦花白浪蓝天伴，镜水斓屏石院哗。
美景撩人心已醉，兴来挥笔即涂鸦。

卜算子·度清欢

月圆当空辉，陌上花开靓。恩爱朱陈月下情，不负佳人幸。　岁月不染尘，茅舍清欢咏。半世烟炉半世缘，白首不离影。

如梦令·忆童年

常忆村河嬉水，日落月升沉醉。潺水细沙温，仰卧白沙甜睡。孩子，孩子，娘喊夜醒着衣。

虞美人·闲居

老房古井青青竹，篱鸟鸣栖菊。村边烟树雾蒙蒙，红日懒床悠见、满山彤。　闲居宅院丹青画，何惧尘埃污。弄琴挥墨自怡情，最是暖阳心静、读人生。

◆ 耿顺成

青云路绿化带月季花开（通韵）

冬青月季道同栽，叶茂桩粗映日开。
红绿双排碧丛上，芳香风送越廊台。

新泰平阳河美景（通韵）

河清波碧漾鳞龙，丝柳葱茏钓晚晴。
铺水残红待星月，霓虹多彩炫新城。

放城小三峡（新韵）

棹荡舟行浪打花，奇岩壁立小三峡。
天裁美景独雕刻，山水烟笼展物华。

清音公园春游（新韵）

山川铺绿满花蹊，风剪千丝柳叶衣。
波漾鳞龙水潺缓，撩人春色惹人迷。

咏光华寺唐松

苍龙百尺虬松旺，一亩冠蓬蔽日阳。
站立千年同雪雨，山川有幸伴枝昂。

寻古梁父山（通韵）

峰蓬万木涧氤烟，梁父山曾帝礼禅。
诗墨吟香史河耀，般经石刻字依然。

◆ 冯明萌

新泰莲花山

杞都圣地美名传，瑰丽多姿锦绣川。
流水飞波云里卧，幽峰吐翠雾中悬。
秦皇修道留佳话，汉武封天载续篇。
普照佛光腾紫气，观音趺坐自成莲。

不忘初心跟党走

南湖绮梦照苍穹，理想燎原火焰熊。
千载宏图群众富，百年伟业国家丰。
拳拳赤子坚如铁，闪闪锤镰耀似虹。
不忘初心跟党走，恩情永记向阳红。

清明祭

最怕清明酹酒横，春霖和泪杜鹃鸣。
无情玉雨迎风落，有爱萱花伴季荣。
三炷心香恩念重，一抔黄土孝亲轻。
余生忆向家何处，梦里犹闻唤子声。

徂徕山下是吾家

徂徕山下是吾家，朝看苍松暮赏霞。
汶水汤汤云弄月，石陂浩浩树遮鸦。
隐仙观上闻禅意，独秀峰前望际涯。
六逸遗风今尚在，高歌一曲醉中赊。

教师颂

为师垂范把身囚，加减乘除梦里筹。
一片丹心耕日月，几腔热血付春秋。
诗书若雨濡黄颔，粉笔如霜染白头。
情润苗田终不悔，芳菲桃李艳神州。

国庆咏怀

天安门上国旗红，华夏欢庆势若虹。
改革创新圆梦想，脱贫致富铸勋功。
登云揽月携神箭，入海探奇震地宫。
虎踞龙盘惊世界，中华奋起傲群雄。

◆韩　军

豹峪春行

日丽寒消泛嫩芽，纵横阡陌绕千家。
东风一夜桃花雨，是处山川起锦霞。

平阳河岸漫步（新韵）

垂柳尚依翠，长杨叶未稀。
汀沙苍鹭步，云影日边移。
秋水湲还静，寒蝉唱已疲。
林中独立久，归去意沉迷。

岳家庄咏荷（新韵）

斜阳拂碧野，辉映夏荷芳。
片片高风梦，池池艳绿妆。
蜓飞嚗叶上，蛙跃戏茎旁。
不染千秋颂，归来带馥香。

忆故乡小河（新韵）

小河跳跃贯村南，长记童年戏浅滩。
两岸清流杨柳舞，满川沙浪蟹虾翩。
晨中旭照鸭初浴，月下烟笼水亦眠。
绕梦风光如画里，一条银带忆绵绵。

秋日松山游（新韵）

秋日寻幽趁早间，山门一入豁眸前。
道堂坐北朝南立，沙路穿丛向岭盘。
坝抱平湖峡谷绕，枫呈苍翠片林翩。
金风许我登临醉，抖擞精神似少年。

莲花山（新韵）

岳东奇景在兹间，峰举莲花峻峭旋。
万壑松姿贴壁挂，千山鸟语入风传。
林深幽泛逐苍翠，叶厚沉积滤岁年。
行到青龙潭水坐，忘机忘虑望云天。

西江月·新泰乡村初夏一瞥

人喜乡村变化，景融原野新颜。红房绿树响初蝉，街巷平平展展。　亮眼衣装多彩，餐中荤素烹鲜。老翁摇扇坐门前，孙子频呼开饭。

◆ 麻德祥

邙山夜观（新韵）

雪卷长风滚素烟，邙山默立华灯寒。
酷暑秋霜辞几寸，迎送黄河下大川。

◆ 赵新生

此心安处是吾乡（三首）

此心安处是吾乡，风土人文誉四方。
鲍柳高师千古颂，相和礼乐在平阳。

在外数年游四方，此心安处是吾乡。
泰城秀美民风好，彰显中华国运昌。

人生命运最无常，失败成功任自量。
放下浮华名利事，此心安处是吾乡。

采桑子·诗赞为社区和农村防疫贡献的人们

社区干部严防控，铁血中坚。纵险冲前。不忘心中有誓言。　各村封路农民守，昼夜当班。虽苦无冤。只为千家百姓安。

◆ 魏庆军

宫山新甫吟（古风）

新甫亘古祥瑞呈，宫山赫赫莲花生。
安期仙人乘云去，汶泗泠泠照三星。
地蕴黑金情万丈，纵横高铁织纬经。
酒美再敬远方客，卿卿可留小泰东。

◆ 尹逊莲

平阳颂（古风）

平阳云海空复空，幻影变幻空明中。
荡摇浮世生万象，新城疑似仙境同。
心知所见皆幻影，敢以耳目烦神工。
宜居新城日月异，神仙眷顾露新容。

千年流苏颂（古风）

绒雪涌出花千峰，远观遥如岱岳形。
古苍斑斑历历目，虬枝谡谡接云亭。
雨收花色堆螺髻，日映岚光如佛情。
试问汉柏观可在，倾情尹氏流苏声。

◆ 肖根法

咏春（古风）

天晴千鸟舞，地春万物苏。
艳阳暖三月，春风醉九州。

滨湖广场（古风）

紫气东来红日升，青云直上碧水平。
滨湖广场人如织，虹帆远黛入画屏。

◆ 魏述前

美丽新泰（古风）

莲开花香景美哉，青山云海天地开。
和圣遗风天下仰，幸福平安盛世来。

赞羊流（古风）

高楼林立沿河起，民营发展谱新篇。
光伏发电兴产业，羊祜公园乐民翩。
万顷百合白如雪，千亩茶圃绿似毡。
苇池水库碧波秀，青山靓村绽新颜。

◆ 丁海青

平阳盛开文明花（古风）

一百四十万余人，二十六族是一家，
同心共筑复兴梦，平阳盛开文明花！

小城新泰（古风两首）

（一）

河边垂柳绿婆娑，蓝天白云婀娜多。
水中倒影引人醉，半城美景映碧波。

（二）

远山含黛近楼台，几树馨香扑面来。
风摇绿叶红花出，雨过黄泥印青苔。

◆徐　辉

游莲花山（古风）

宜掬宜嬉通天水，宜歌宜吟对松山。
半悬半立风动石，半新半旧太平庵。
似远似近云谷寺，似明似暗一线天。
若有若无花香暗，若隐若现梵音间。

清音公园（古风）

一池新荷浅雾里，半溪浮萍斜桥旁。
鱼戏浅底时时见，蝉鸣声声隐绿杨。
雨过小径花含露，新藤旧蔓依长廊。
无事何须悲扇画，清音声里忘短长。

游新甫山（新韵）

轻衣竹杖向山行，久慕清莲柏下亭。
零落远峰新叶浅，霞升近寺粉墙红。
一人独坐瞧兰绽，两簇闲观送雁腾。
何故痴花寥寂放，哪般布谷似鸾鸣。

雨中游新甫（古风）

长空幻渺乱云渡，无端阴晴转回处。
空濛云遮峰有痕，迷离烟笼花如簇。
水流缓急山做主，路至绝处亦为瀑。
漫言潇潇总无情，一亭风雨几陌路。

白马寺（古风）

野蔓纤纤侵廊台，荒草殿外寂无声。
朱墙隐隐映残月，桃花夭夭伴疏风。
谁植银杏千年立，谁结梵宫绿隐中？
影堂香火灰已烬，何处晨钟暮鼓声？
千年青山一般绿，四时风景无常空。
心中有佛佛长在，空谷风声即佛经。

◆李　青

三圣赞（古风）

和圣乐圣礼圣，柳下师旷高堂。
杞都平阳新泰，邹鲁遗风传扬。

和乐颂（古风）

和圣乐圣新泰盛，柳下师旷古今颂。
和为贵亦万物兴，乐为歌舞升平景。

◆徐熙玉

寺　山

传书非为娶娇娘，仗义淳风遗四方。
龙女牧羊蹄印在，教人思恋洞庭郎。

老家饭（古风）

天下走个遍，爱吃老家饭。
煎饼卷大葱，油饼沾辣蒜。
白菜炖豆腐，辣椒炒鸡蛋。
农忙送田头，蹲踞进野膳。
框味夫如何？劝君去体验。

◆ 毛尚举

雨　山

云雾腾腾汶水边，丛中绿叶闻迷天。
浮桥松柏舞妖娆，小路汪汪水上翩。

山娃（古风）

孩童周末三五约，青苔石上相依娑。
笑声回荡半山谷，花香烂熳爱意多。

古镇（古风）

烽火弥漫传经典，红色传承近百年。
遍及刘杜水和山，云涌卧波天地传。

◆ 李朝辉

寺山赏牡丹（古风）

三月春风清，寺山赏玉英。
牡丹真国色，碧叶簇花荣。
五彩蕊正艳，楚楚动怜情。
俯身闻妙香，妙手绘丹青。

新甫秋色（古风）

深秋登高谒新甫，昔日苍翠赤霞浮。
清风漫舞树草黄，苍松万针溢油珠。
艳阳已斜秋将尽，一池清波映黄栌。
秋意已染山林间，红叶何须满山谷。

雨后莲花山（古风）

丰雨润泽莲花山，清韵又添秀河川。
万木葱郁遮赤日，红叶依稀现秋斑。
蛛水尽洗松盖石，青龙吐雾水没潭。
谁言九天方银河，星云分明在眼前。

拜谒怀德书院（古风）

古墙古瓦古书院，古槐叶茂映窗圆。
栉风沐雨历兴衰，笃怀仁德伴千年。
古风古韵古文气，古迹溯源追秦汉。
常忆堂前嬉戏声，尤思学子诵圣贤。

崖柏（古风）

古木原生在高崖，千载风雨沭年华。
独守一隅观日月，清韵幽香漫天涯。
离时难舍故土地，抱石犹思太行家。
只为出山观盛世，匠心敬镌佛与花。

◆ 孙兆伟

游青云山（古风）

孤峰似青锋，直欲刺天外。
路险野径陡，山奇石貌怪。
祥鸟振翅去，清风扑面来。
绝顶且放眼，令人开胸怀。

◆ 郑月广

黄河（古风）

源头细流高原来，几字身形黄龙摆。
泾渭分明入海口，填海造陆奇观爱。

莲花山赞（古风）

诗经记载莲花山，北方普陀小泰山。
两个美名把它赞，天成观音一奇观。
神来之笔大自然，相得益彰人惊叹。
更添一丝神秘感，山美水美人自恋。

◆ 崔仲恺

咏新泰马拉松（古风）

逶迤苍茫神飞扬，山间一路竞豪强。
亮衫动展激情在，莲花胜境春自来。

畅游园（古风三首）

（一）

华翰无垠意阑珊，新泥覆履入芳园。
尔颉梨花三两片，寄与颠簸五六年。
曾忆玉壶鱼龙舞，清欢梨下伴丝竹。
阳春故里无别意，入梦香林共婵娟。

（二）

一城苍翠芳园柳，半亩清凉半世仙。
罗裳玉带花香径，绿杨堤外尽斑斓。
犹记城南惊鸿去，莲台方寸亦欣然。
苦吟竟是无留意，不识春波照壁垣。

（三）

残壁流芳孤影哀，草色漫阶独徘徊。
铅华褪去花将尽，沁动梨边不老春。
卧听刀笔攻书计，唤得春风化玉门。
最是四月芳菲雨，雪缕潇潇秀木园。

◆ 陈绪伟

清音清韵（古风）

榴红五月荷飘香，紫云小径风满廊。

山水丝竹留清音，禅心云影共天光。

观清音（古风）

清音渺渺向青云，钟鼓不闻心染尘。

一湖春水洗难尽，真经无字是禅心。

晨行金斗湖畔（古风）

秋风渐凉夜渐长，金斗盛妆迎朝阳。

天水一色宜放情，物我两忘踏歌行。

◆ 徐　彬

观羊祜公园水幕电影（古风）

夜幕初上晚霞归，蛟龙出海戏彩辉。

光束霓虹成倩影，炊烟袅袅雁南飞。

◆ 刘纪云

新泰咏菊（古风）

秋霜开菊花，香飘千万家。

众赞君子气，风流铸晚霞。

◆ 王　晓

忆羊祜（古风）

旧村井田麦青青，残垣阡陌草蔓生。
汶水荡漾没落日，徂徕松翠尽古风。
皓首随语话堕泪，稚童托腮忆岘情。
羊舍近在斜阳里，演武远闻马嘶鸣。

◆ 徐勤田

青云湖山（古风）

碧波潺潺映朝晖，温柔青云山翠微。
昔有进士京考过，杞人至今待其归。
三官清音祐帆正，青云直上白鸥飞。
惠风和畅舞台醉，泰达天下风景美。

清音公园（古风）

江南嘉木入清音，风情南北气象森。
龙柱石碑典乐会，风吹玉笛似故人。
礼乐君贤今犹在，赛过江南曲径深。
傍山依水自然趣，幽雅秀丽依湖深。

◆ 徐志山

画莲花山（古风）

峭壁如削高触天，出地拔空无径攀。

叠岩纵横植苍翠，峦光碧照生紫烟。

九无悬河入松壑，涧鸣松啸大合弦。

鸟啼兽唬山夫歌，功深德厚恭载涵。

◆ 姜文先

暮春感怀

韶华易老流年去，迷眼繁红错目惊。

底事蝶蜂飞舞乱，槐花落尽絮飘轻。

岁杪（古风）

舟车不惮千里远，归期犹幸在春前。

长忧蹉跎添心事，渐欲迷离花眼玄。

已觉东风暖病骨，敢将衰朽惜残年。

欣然知命一放翁，策杖倚梅赋新篇。

◆ 范修斌

新甫山（古风）

空山柏竹翠，情动天籁音。

溪水无踪迹，山麓水深深。

柴汶河之春（古风）

近水垂翠柳，连岸生芦苗。

新蒲藏水鸡，涟漪动凫鸟。

◆ 伊永军

新泰八咏（古风八首）

一、新甫览胜

岱岳东余脉，宫山览胜幽。

观音千载善，松柏四时优。

飞瀑云重叠，清泉涧滴流。

北方祈福地，美誉满神州。

二、三圣遗风（古风）

古郡千载悠悠过，三圣遗风礼乐和。

莫负前贤福泽长，再开盛世图伟业。

三、青云秋月（古风）

日暮野旷苍山远，月上平湖清秋寒。

秀峰映水深千尺，壮志凌云冲九天。

四、正觉光明（古风）

光明湖里光明来，正觉寺中正觉开。

人间值得享太平，喜乐安康大自在。

五、寺山仙踪（古风）

龙女牧羊汶水边，柳生传书洞庭澜。

穿石柏下羊蹄石，深山古刹证前缘。

六、平阳白鹭（古风）

平阳新雨柳含烟，清沙白鹭舞翩跹。

两岸乱花竞春光，行人驻足开心颜。

七、清音荷韵（古风）

清音六月沐斜阳，游人晚来熏荷香。

莲叶田田接垂柳，菡萏亭亭立满塘。

八、滨湖七星（古风）

北廓斜倚青山前，滨湖横卧两水间。

七星散落缀金地，新区重整建家园。

◆闫　华

平阳河咏柳（古风）

春风细雨润鹅黄，千丝万缕淡梳妆。

舞姿轻盈惹人爱，赏春游人起彷徨。

春雷（古风）

子夜春雷惊梦乡，隔窗举头观望忙。

闪电狂风携雨卷，斩疫降魔兴安邦。

观云（古风）

秋风瑟瑟易水寒，白云朵朵映蓝天。

谁持彩练当空舞，新城巧妆胜锦缎。

早春（古风）

挥手一别冬渐远，拽着春风游河边。

柳绿招手谢暖意，野鸭戏水荡微澜。

凌霄花开（古风）

六月花开数凌霄，红艳似火显妖娆。

莫怪闲论攀高枝，何必俯首缠树梢。

贺《散文十二家》一至六辑发行（古风）

汶水汤汤古平阳，文朋诗友聚八方。

相互交流共进步，欢声笑语情谊长。

尽抒豪情家乡赞，百花齐放满园香。

琅環文库铺锦绣，风采尽显书华章。

◆ 杨树乾

参观新泰毛泽东文献博物馆有感（古风）

气吞山河志凌云，雄才伟略谋如神。

文武绝伦星捧月，百川归海服群臣。

为国一门六忠烈，思想福照亿万民。

千秋历史人民写，永世传颂第一人。

北京冬奥（古风）

五洲健儿聚北京，冰盘玉带试弯弓。

恰似龙腾起碧浪，譬如雁飞略长空。

矫情儿女多壮志，爱凌翊鸣两巨星。

纵有恶犬狂吠叹，难阻东风压西风。

老友新泰小聚感怀（古风）

挚友小聚在平阳，忆往追昔心舒畅。
从容山巅观日落，淡定河畔看朝阳。
昔时多知名禄重，今日更晓谊情长。
彩霞薰丽无限好，精神不老携手享。

瞻翟镇史氏祠堂（古风）

望族史氏有古贤，祭官美名天下传。
大有桥碑世世在，云谷恢宏代代瞻。
遗训不朽意永存，诗书流芳古风牵。
尊念先人德怀继，家兴业盛出伟男。

游新泰金斗山（古风）

山水相依空湛蓝，一湖碧宇影倒悬。
怪石嶙峋千百态，天台曝书史盛传。
密林深处闻犬吠，崖上劲松饮清泉。
文明城市脚下坐，家乡丽景胜江南。

◆ 郑茂利

重游莲花山（古风）

风和日丽三月天，信步漫游莲花山。
层峦叠翠隐古寺，流泉飞瀑响高岩。
留连亭台迷古迹，沉醉山林乐溪边。
访贤觅道寺庙内，超凡脱俗化良缘！

◆ 朱士奎

霜秋墨石山（古风）

墨泼彩云碧水间，石佛打坐面慈南。
山涧雄狮吼天外，秋霜彩叶地铺毡。
景奇招来八方客，美幻吸引万人观。
如此去处谁舍爱？画里仙境不如山。

银滩观潮（古风）

胶东半岛黄海滨，浪涛涌起涤征尘。
乳山叠峦游人簇，银沙滩里沐清心。
履急急，步沉沉。寻迹访故不辞辛。
人生多少思亲泪，汇入汪洋报祖恩。

松山秋韵（古风）

云蒙雨霏纵林风，曲径通幽瀑流鸣。
湖水倒映珠玑丽，佛观九天视民情。
桃兰峪谷景色秀，海印寺里梵音清。
世间寻游何方妙？城北松山任吾行。

春梦（古风）

春风夜雨树换容，夕阳晚照碧水红。
寻梅方迟桃梨运，望眼平添自然情。
千层云海流霞忆，万里征程雾烟从。
该当命活超似梦，何须痴迷叹生灵。

平阳河春意（古风）

春风徐徐拂新柳，鹅黄悠悠荡枝柔。
路连虹桥皆景处，平阳潺波汇汶流。
水穿城池银带绚，岸边公园游人稠。
一年四季清心处，胜似奇观九寨沟。

◆ 郑月广

梅　花

梅花迎寒毅然开，让人惊叹让人爱。
娇花无缘冬舞台，梅花独傲献异彩。

黄河赞（古风三首）

一

黄河奔流千万年，不知疲倦流向前。
弯如巨龙飞摇摆，造福同时也造灾。
爱恨交加人无奈，如今平安让人爱。
填海造陆壮观奇，独树一帜新功绩。

二

黄河水从高原来，犹如黄龙飞入海。
要使黄河回源泉，摆在面前是难关。
一碗水来半碗沙，却能孕育古文化。
不是长江似长江，黄河明天更辉煌。

三

黄河昼夜滚滚行，一路咆哮流不停。
旋成几字似黄龙，一头扑入大海胸。
浑浊河水似普凡，竟是华夏古摇篮。
历代泛滥造灾难，如今造福变平安。

缅怀朱德（古风）

出身佃农意志坚，革命生涯一路艰。
呕心沥血把国建，终使华夏换新天。
身居高位却平凡，乐于和民心相连。
朱总已去甚怀念，丰功伟绩世代传。

◆ 谢洪英

新泰诗集（藏头诗）

新篇朗韵咏家乡，泰岳甫山呈景祥。
诗意情怀书大爱，集贤托志寄圆方。

第三辑　现代诗作品

◆ 李作保

偶　成

两耳鸣蛙赏斜阳，
望锦裳，窗笼涨。
一池涟漪，
吹皱醒方塘。
蜻蜓妖娆菡萏上，
舞翩跹，水有缘。
一隅静谧闻铃铛，
觅海棠，蔷薇长。
一卷墨香，
旖旎惹凤凰。
谪仙葱茏奈河旁，
歌缠绵，桥无栏。

◆ 王道尧

美丽的宜居城市新泰·杏林风

汶水平阳，
龟阴田，竹溪六逸。
将进酒，
泰岱徂徕，夜宴晨曦。
开怀畅饮诗酒狂，
千金散尽酬知己。
酿造出历史名篇在，
摩崖题。
柳下惠，羊祜风。
光阴逝，星斗移。
沧海易桑田，
崭新天地。
车水马龙园林市，
青云湖水荡涟漪。
观古今，
奋进新甫人，争朝夕。

◆ 丁继强

五一归故里

林放故里，先贤之城。
伴和风，燕飞莺鸣。
芬芳争艳，紫云升腾。
喜椿芽鲜，

小米香，蜜桃红。
山峦叠翠，草木皆荣。
继世训，德厚民忠。
问礼逐本，修真求清。
阅古道悠，
鲁壁峻，洙水匆。

◆ 尹逊莲

咏南公东村

南公东村，
十里田园，
梨花荡漾。
看人间胜景，
瑞雪呈祥；
天蓝云碧，沃土芬芳。
莺歌燕舞，涌翠飘香，
不输梅花胜娇娘。
好春光，
喜小康新村，
充满希望。
南公如此美好，
引文朋诗友赋华章。
昔贫瘠薄地，寸草不长。
干事创业，路在何方？
一代新人，发奋图强，
誓叫锦绣落平阳。

展未来，
绘宏伟蓝图，
大道康庄。

◆ 杨树乾

游孟良崮战役遗址

蒋军重攻齐鲁，
国共会猎沂蒙，
陈粟神武扭战局，
斩杀灵甫御林兵，
一战定山东。
英烈精神不死，
初衷后生传承，
统帅英明战将勇，
人民功臣尊千古，
孟良崮英雄！

◆ 肖根法

故乡吟

谷堆边，碾池旁，
斜阳抹深巷。
风吹稠雨落满塘。
乡关在何方？
蝶恋花，鸭戏水，
浣纱思念郎。
借问何时归故乡？
梦里哭断肠。

◆ 赵仁昌

满江红

新城变化，新城十月，
正秋色黄花红叶。
看今朝，
金斗昂首，平阳欢歌。
政通人和赞盛世，
物阜民康话改革。
国庆日，
豪情满胸怀，共欢乐。
群楼起，
街衢阔。繁华甚，陈迹灭。
思改革开放光辉岁月。
科学发展百业兴，
经济腾飞万民乐。
仍努力，
建设新新泰，成伟业！

◆ 田洪孝

菊　颂

氤氲雾遮日，
灼灼轻盈俏。
细眉轻敛，
微风起处，
窈然娇娆。

轻撩绽蕊，

煌煌粲粲，

弱柔青袅。

众芳愧羞惭，

心怜白玉，

暗香篱晓。

◆ 马东盈

新泰咏赞

平阳古地，

化生成，形胜山川无限。

翠拥斯城，

人乐道，不负鲁邦诗椠。

汶水拖蓝，青云峭壁，

金斗暴书卷。

英贤毕至，

钟情一向留赞。

遥想和圣高儒，

林君问礼，放镇从兹奠。

叔子伐吴缓带便，

霭霭岘峰铭鉴。

六逸风流，竹溪文采，

尤令卓然叹。

今番良策，来时另著长传。

◆ 徐　彬

贺中国共产党百年华诞

南湖红船影，
古国前路重定。
泱泱大国已家破，
内忧外患，
叹民族多病。
先贤谋划神州醒，
推翻三座山，
实现小康文明。
华夏同庆千秋梦。

◆ 刘汉青

吊羊祜

羊祜山，
愿戍边十年卧胆，
襄阳百姓泪湿衫，
舍身无憾。
屯田兴学德怀柔，
缮甲训卒为伐吴。
忍辱招疾心诚服。
德胜诸葛，
千古名驻。

◆ 伊永军

初冬怀远

初冬日暮霜重，
既望天寒月明。
挑灯看剑意难平，
掩卷香散茶清。
蹉跎半百流年，
恍若大梦未醒。
几多苦乐似烟影，
俱付笑谈曾经。

晚 秋

芦花飞絮，
风干半塘蒲。
夕阳坐看云行处，
空恨春秋易去。
残荷不堪严霜，
小径叶落枯黄。
月上孤影徘徊，
来年胜日寻芳。

◆ 赵衍红

清音公园写生

烈日当空，荷塘摇曳。
对美景，难以勾皴。
蝉声高亢，乱了心神。
只对一花，对一树，对一人。
清音采风，同学情谊。
叶田田，轻描淡写，
泼墨挥毫，木舟轻摇。
赏景中花，花中人，人中景。

◆ 朱士奎

过　年

满目皆景，户户灯红，
街道净洁人喜盈。
稚童得乐，媪叟从容。
锅碗瓢盆，叮铃铃，饭菜颖。
合家团圆，灵犀亦融，
辛勤苦累操经营。
若思责任，自感心平。
愿亲者安，祖国泰，华夏宁。

胶东游

千里胶东聚新客，
烟威蓬莱靓女红。

天海蓝蓝泛情浓。
水上浮鸥雁，
波荡观潮涌。
众赏城池添景色，
期盼园阁雾雨濛。
凭栏笑语意从容。
沙滩舞韵剧，
兴烈踏归程。

纪念解放军渡江占领南京七十二周年

英雄聚江，
依北岸点将，帜列辕旌。
带甲征士过百万，
遥看钟山伟奇。
家亡国破，蒋匪霸其，
残摧民生地。
涛浪滚滚，
夜来呜咽愁泣。
家国天下夺半。
恨仇难消，何时得南夷。
观罢吴钩拍栏断，
沿江连营千里。
众志成城，千帆竞发，
炮火接天齐。
对岸狼藉，
占府功高稀奇*。

注：陈毅的部队占领南京总统府，昭示着国民党部队的彻底失败。

◆谭　践

感　恩

我还没有出生
你已备好大地和星空

而我不懂
只回报给你一片哭声

为了握住你的手
我穿起春天的花衣

你驾着天上的云彩
驱走我头顶的阴霾

你在黑夜中纺线
又染上天空的蓝

今夜的月光多么明亮
让我看清了群山的苍茫

驻足在这小小的星球
这被时光紧紧攥在一起的土壤

我不能不放开喉咙
陪着月亮放声歌唱

这遍地的月光洒下寂静
洒下遍地的泥泞

你在高处看着我
让万物的喧嚣归于内心的安宁

我想倾诉我的思念

而你早已抽走了时间

我在白天重演那些梦
为你在天空建起花园

耗尽了多少白天才酿就一梦
耗尽了多少思念才相见一面

而今我越来越沉迷于梦中
就像月亮越来越迷醉于星空

◆ 吴玉垒

哦，莲花山

披霞光云影，揽三教九流
偷闲的日子，掸净了俗世的尘埃
山是莲花山，身却不是莲花身
循一缕秦风，踏一丝汉韵

我与我结伴而来

如同见到了久违的亲人，一片落叶
扑进我的怀抱。众神隐去
群鸟高翔，遍地黄花燃爆秋日的芬芳
千年的松柏抱紧脚下的岩石
生怕它们，也长出了翅膀
在风动石边，我聆听一个生命
最初的呐喊，这来自内心的声音
曾经是多么的遥远

峰回路转，谁找回了自己
峰峦之上，谁成佛了
哦，莲花山
哦，莲花山
每一炷香火，都在身后
争着向天空透露人世的梦幻

◆ 刘长军

平阳古贤（组诗）

柳下惠

那一夜的雨
电闪雷鸣
那一夜的冷
浸入骨髓
那一个绝美如玉的女子

在你的怀里
完璧如初
清晨
雨停了
城门开了
女子走了
只留下
你单薄的躯干和伟岸的城楼
一缕阳光投下
你和城楼重叠在一起
从此再没有分离
就这样
千年共守着齐鲁的
天地

师旷

你用曝书山的佳木
雕琢了一把精美的瑶琴
柴汶河的千古风华
在你灵活的指尖里
潺潺流淌
劝学七十秉烛
辨律而知吉凶
倡仁义而斥靡靡
悟太级而谙风水
虽无目而心自明
因有情而知物语

千年过往
如东逝之水
你不泯的乐魂
在皎洁的月光里
徘徊低吟
你卜知
今夜有凤凰来仪

羊祜

一个望族
成就了一袭羊氏流风
一位名将
书写了一段千古传奇
羊续悬鱼
你骨子里种植着祖辈清廉的基因
姐妹皇后
你血液里流淌着家族高贵的气息
屡拒高位
你视金钱名利如粪土
沙场征吴
你视国家统一为使命
羊陆相交
你是诚义如兰的好男儿
掘冢泄气
你是忠贞不二的好臣子
一纸奏表
你把新泰留到了现在

一世英名
你把精神传递到
永远

林放

一个名字
定格了一座城寨
一声问礼
逾越了一座泰山
放浪的是形骸
坚守的是礼乐
纵情的是云水
躬读的是诗书
身安于乡野
心悬于庙堂
你多想把自己遗失在春秋里
可七十二贤却将你塑成了
永恒

高堂生

你用心血
扑灭了始皇帝焚书的火
你用执着
默诵着夏商周凝结的礼
你用责任
教化成汉子民道德的心
因了你
遗墨士礼十七篇

礼仪之邦从未割断传承的
脐带
因了你
纵横上下五千年
中华文明从未丢失远古的
基因

情逸小三峡

壁立千仞
你矗立在杞故都的南疆
夏日的耀眼光芒里
灼灼一派阳刚

尽纳涓流
你浩荡着古平阳的豪爽
六月的暖风轻拂里
汤汤千溪徜徉

问礼的先贤呀
这是你儒雅千年的家乡
曾谓泰山不如林放乎
礼之溯源
仿佛从春秋的典籍中
绽放

至圣的孔子呀
这是你千古慨叹的地方

逝者如斯夫
不舍昼夜
依旧在历史的回音中
激荡

眺望这如画的江山
思绪在纵横的时空里飞扬
把前行的路镌刻在脚下
你嗅到的
是穿越远古的
芬芳

酒台怀古

一堆黄土
矗立了千年
任凭岁月风雨侵蚀
九层高台
化做了满地幽幽的荒凉

一个故事
传奇了千年
耐得时光穿梭打磨
古人今月
勾勒成美轮美奂的画卷

冥想那片历史的苍穹
金戈铁马

帝王将相
大好河山引多少英雄竞相折腰
鼓瑟笙箫
文人骚客
诗词歌赋让多少才情仰天长叹

酒台

你这处曾经叱咤风云的土堆呀
商周贵胄在这里祭祀
康王赵构在这里点将
武穆兀珠在这里搏杀
诗仙诗圣在这里纵酒
芸芸子民在这里躬耕
五万年的大汶口文化在这里
孕育发芽

酒台
你这个神奇浪漫的名字呀
曾经让古贤流连
也同样让今人慨叹
对酒应当歌
人生有几何
青山依旧在
几度夕阳红
历史皆成悠悠过往
当下尽享浩浩清风

遥看远方
汶水汤汤
俯瞰大地
黄沙又起
透过这鼓荡千年的滚滚风尘
分明看到了你依然高高矗起的
壮丽

◆ 朱英谋

在泰山眺望故乡（组诗）

在家乡等待秋天

我在五楼的 阳台上
摆一张小桌
一个人 喝茶
等待秋天

身边是多年的花草
还没有枯萎的样子
视线下的楼群
马路 不时走过一群人
飞过一两个燕子
天灰蒙蒙的
让我的视线 也是灰色的

新泰小城 就像飞驰而过轿车
和身着红衣的 旅人

在我眼里

也是灰色的

昨天

对于昨天

内心　一片空白

多想喊出　那句

它隐藏得越深

孤守在枝丫上

那片红红的叶子

把谁　当成了

红颜知己

高枝上最后的叶子

是一道幽径

偶尔有秋风　掠过

高枝上最后一片　叶子

就这样苍凉地留在这里

纷纷离去的　愁绪

感知　生命多么脆弱

梦 会枯萎的

像夕阳的肤色

汶南　汶南

是谁把西行感伤的 诗句

播洒在这条小路上
让高枝上最后的 叶子
和无边的秋风
一次次吹过

◆ 徐勤举

徂徕之阳（组诗）

题记：建国初期，楼德置泰宁县、徂阳县。

云云山

山不高。时有祥云缭绕
如上古传说

泉声在千年松柏间起落
路边乱石嶙峋成马匹
或某种仪式

哪一抔泥土高擎着帝王的脚印
哪一片草芥
把自己跪成了苍生

风吹过云云亭，吹过泗水
吹向三百里尼山
那儿的庄稼和眼前的荆棘
盘着同样虔诚的根

封禅的队伍远去

古刹也已宿眠纸上

一统残碑

替胸怀天下者看到了四方平安

注：云云山，位于楼德南部，古有帝王“封泰山、禅云云”之说。

菟裘遗址

一个计策的替身

从《左传·鲁隐公十一年》里

来到了后世

於菟不见了，城墙还在

鸟儿和几棵白杨树争论了很久

也没弄懂这半截指向

是非，争斗，早已埋入泥土

善良如一道光

隐现于文字的缝隙

柴汶河依旧自弹自唱

它浓重的地方口音

被小贩的叫卖声，屡次地修改

注：菟裘，古邑名，遗址在今楼德镇。

徂徕之阳

盛产蔬菜，煎饼，也盛产风流韵事

徂徕之阳

汶水像一条汗巾，搭在她的肩上

多年以前，我在这个小镇上教书写诗
会馆路和文化路
两条发育不良的虫子
啃光了我的青春和坏脾气

东村的麦田是一页信纸
配上赤坂土豆的标点
恰好可以让你疯狂地爱上一个女子
像云云山爱上一个传说

而今徂阳大街拓宽了
徂阳大厦长高了
音乐喷泉和广场舞唤醒了庄稼们的腰肢
楼德，多像我教过的学生
转眼就认不出来了

一中门前，教育理发店人头攒动
蔓菁丸子的香气迷倒了邦威体育
有什么办法能让书声
不像一片杂草
在汽笛与吆喝声中顽强地生长

曾经朝夕相处的哥们
好久没见面了
新峰的高级终于评上了
世岭和学斌的棋艺进步了吗

柳溪边，宝新坟头的草不觉又绿了一茬
滨河公园的音乐喷泉
倒流的瀑布。洁白的焰火
一片，水做的树林

到底是音乐喷出了泉
还是泉喷出了音乐
你可以不去理会

但你要知道
所有的美都是有出处的
那一飞冲天的快意里
藏着一条河愁苦不堪的前身

◆ 温小词

平阳山水（组诗）

清音水韵

当豪放遇上婉约，当古典携手现代
一座园林就泊于山水的掌心，一个大写的“美”
自匠心中翩跹

图腾柱是高耸天地间的传奇，先贤的衣袂
拂过百花
石径板桥斜，银柳红荷照
谁在长亭举杯邀明月，谁在琴台重奏大风歌？

恰黄昏。轻舟荡开夕阳，莲子凝睇碧波
芦苇荡里鸥鸟啁啾，而蔷薇刚刚绣完一面芬芳的墙
绿杨阴中并肩的影子，行也依依别也依依

山重水复。桃李梳洗罢醉倚春风
绯樱入俳句，娇杏出墙来
荷锄的人正采撷第一粒甘露
植万竿翠竹

天成观音

造物捧出莲花，一方山水就被慈悲加持
云谷寺的钟声如青鸟振翅，殷勤召唤

拾级而上，怀一颗草木之心
松柏拱手而立，怪石临风高蹈
山雀和松鼠是良朋佳侣，旦暮相伴

两袖染满花香，天池的水照见漫漫来路
摇晃的木桥似一个隐喻
窥见命运的浮沉

观音向东端坐，仿佛幻影在虚无中隐现
一只玉净瓶，可否救赎苍生疾苦？
佛光乍现，在云端更在民心

嶅山映碧

壁立千仞。又似一支如椽巨笔在书写箴言或谶语
怪石峥嵘。是一座山吐出的块垒，还是抒发的旷古幽情？

藤萝缠紧松柏，互诉衷肠
白头鸟绕着红柿子，像在拜谒不死的火焰

转过山崖，般若经矗立眼前
如修行的高僧，参透却不说破

三官庙和玉皇顶在寂静中护佑人间
拈香的人，敲响了内心的钟磬

山下的青云湖，眼波横流
它把嶅山的风月谱成一首歌：碧波叮咚，不眠不休

竹溪弄月

一座山一条河，见证历史就足够了
竹影婆娑，依稀似旧时的笑语喧哗

溯游而上，磊磊岩石刻着六逸的足印
他们在吟诗作画，对酒当歌

最狂放的，是李谪仙与孔巢父
仰天大笑中，可否携手乘白鹿而去？

一盘残棋犹在，往事已越千年
是非成败终不抵一场山水情缘

幸有明月昭昭，照遍长安落叶萧萧
又照竹溪琴音袅袅

◆ 张荣华

平阳群山（组诗）

云云山

鸿蒙之始
华夏初肇
无怀士来到你身边
斗转星移
越过了千年
颛顼来禅
帝喾来禅
尧来禅
舜来禅
汤来禅
伏羲氏来禅
神农氏来禅
历史的天空
划出一道光线
那般耀眼和灿烂
以后的数千年
你沉寂了
如老僧苦守着残破的寺院
如古刹藏书楼中
那散落的竹简
再也无人翻看
当我知道你近若咫尺

就在我的身边
我激动不已
我冲奔到你跟前
泪流满面
你
早已遍经清寂
惯看风雨　慵开倦眼
用荆棘把自己遮掩
我拨开蒺刺
默默伫立碑前
用心斋把你祭奠

云云山
不要哀叹
不要凄婉
我请你相信
文明的辉光　不会湮灭
你的灵光
还会焕发新焰
菟裘国的诗篇又将续写
云云物语
已然在平阳大地上
朗朗诵起
历史的古河
定会奔流不息
越流越宽

两县山

你的脊梁最硬
有血性的倔强
黑龙的家乡
那般宁谧
霭霭晨光
映出希望
我愿呼你如兄弟
知我的心热与心凉
朝夕共度的六载
使我无法将你遗忘
山间又吹来凉爽的风
让远方的诗人
笔尖弥散出芬芳

夕阳西沉
我又将归去
我恋恋回头
看见你
伟岸的身躯
和彤红的脸庞

太平山

这位隐者
是我童年那条河流的根
记忆就像烙印
抹不掉　岁月的痕

汶水之南

这片神奇的土地

是我少年的梦开启的地方

曾经的那些眷恋

至今 还是那么真

你滋养了我的灵魂

我多想

常常回去看看你

在山岭间

找寻我少年的足印

在你的身边依偎

静静地

贴你的心

秋意渐浓

松声入耳

侔地

我又想起了

那些晨昏

莲花山

雪和冰的回忆

总是在等待原来的痴情

那年的远行

似在心中印着的梦

汉碑的凋敝

如心的历历煎熬

早已逝去

诗样的霓虹

天成观音的身边花放

谁人能懂

我登上山巅

看到如盛莲的九顶峰

我的心门豁然

千年一问的悖论

诠释得那样轻松

羲之的哭

谁曾倾听

颜鲁公的浩气

千载挺耸

陶令的归去

汉武的祝祷

仿佛都弥散着晨雾

秋来了

松籽熟了

青山脉脉伫立

福佑着苍生

听

山谷里又回响起

飒飒风声

◆王　军

柴汶河记忆（组诗）

童年

右手莲花山，左手柴汶河
落叶纹路发黄
那个时候暮色四合
苍茫空旷
沙滩上挖个坑
水来自神秘的远方
沙石过滤杂质
清澈的夕阳
跳了一下又一下
时间之外，那冰凉
干净，甘甜
依然在中年的
身体里，沸腾

青涩

万物，皆有联系
风吹麦浪，也吹拂青草
他们朝着同一个方向
风柔软，青草也是
柴汶河水溅湿情绪
露珠和麦苗，相偎相依
童年找上门来
怜悯地瞧着我

不必全是强硬的意志力
山有自己的高度
麦苗青涩，麦芒也是
渴望成熟
成熟是收获后的疼痛

燃烧

夜幕低垂，火烧云孤独
蛐蛐是我内心的回响
小风刮过来刮过去
篝火在眼睛里
噼里啪啦
让青涩的心脏
变成不熄的火苗
有两只蛐蛐，叫声重叠
要不要喊一声，看着童年
沙滩上挖坑的我，中年的鞋
都是疲惫的旅程
这一池烈火
千言万语盖住风声
多么希望，永不熄灭

鸟鸣

世界稍后才会拥挤
阳光越来越强烈
内心的鸟鸣，先于黎明
先于清晨颤巍巍的
蓓蕾，鲜花一样湿漉漉的

喊叫，河畔幽暗
柴汶河里，倒映着
莲花山上的九瓣莲花
每瓣莲花上，有九个月亮
月色凉过河水，在我身体里
汩汩流淌，河畔的垂柳
树枝上，总栖息着一只鸟

月亮

一声鸟鸣，告诉我
沿着落叶的脉络
可以找到家
月亮寂静，三个三重奏
我内心的喊声，是柴汶河水
一浪高过一浪的缠绵
麦芒的倒刺，柔软
刺穿虚妄
一晌成熟的亚洲铜
童年的月亮
我用高过莲花山的月亮
洗了洗手

◆ 张佑锋

张佑锋短诗（四首）

静日思

盼望中的一场雪迟迟没有到来
隆冬时节，我在这个叫平阳的鲁中小城

一如既往地卑微生活着
是的，谋生、宴客，参加亲人的婚庆或是葬礼
吃下五谷百蔬
人间深处，把歌哭一再压低

因一场雪，我爱上过冬季
因为寇庄，我爱上了北方
我就是不说，因为你，我才那么强烈地爱着这微苦的生活

记得

太阳照亮堂屋的门楣
穿红衣红袄的孩子跑出跑进
我抬头，看到腊梅花开
喜鹊跳上枝头
父亲饱蘸浓墨，写
“春风又绿齐鲁之地，阳光普照百姓人家”

后来我离开寇庄，经年未归
乡音已越来越淡
我却始终记得，七岁那年
我穿红衣红袄
太阳照亮堂屋的门楣
抬头，看到腊梅花开
喜鹊跃上枝头
父亲正悬腕铺纸，那时
他年轻，英俊

亏欠

在寇庄，我看见过美丽的翠鸟，洁白的荷花，
世上最大最圆的月亮，世间最好的人
后来，我在诗中反复写到它们
我笔下，那里的山川是妩媚的
万物有灵，男子伟岸，女子的眼里都含着烟雨

我用尽了世间所有美好的词汇，仿佛这样
就能把我亏欠寇庄的弥补回来

金子一样的光芒

我曾在村后的山坡上捡拾过鸟蛋，
是那种好听的百灵
我曾在村西的豆田里抓住过野兔，
四只，土黄的颜色，还没有断奶
在村子中央的井台旁边，
我曾连续半个月听一个盲眼艺人说《精忠岳飞》
沿一条土路，我牵着父亲的手，走出村庄

——那日霞光在前，太阳光芒万丈
仿佛预示了我这一生
无论贫穷、富贵，痛苦或是欢畅——
都会带着这身金子一样的光芒